근세 제일 여중 영웅 라란부인전

근세 제일 여중 영웅
라란부인전

: 프랑스 혁명 지롱드파의 여왕, 롤랑 부인의 전기

량치차오 저
역자 미상
한예민 옮김

발간사

　숭실대학교 한국기독교문화연구원은 1967년 설립된, 명실공히 숭실대학교를 대표하는 인문학 연구원으로 발전하여 오늘에 이르렀다. 반세기가 넘는 역사 동안 다양한 학술행사 개최, 학술지『기독교와 문화』(구『한국기독문화연구』)와 '불휘총서' 30권 발간, 한국기독교박물관 소장 자료의 연구에 주력하면서, 인문학 연구원으로서의 내실을 다져왔다. 2018년에는 한국연구재단의 인문한국플러스(HK+) 사업 수행기관으로 선정되어 또 다른 도약의 발판을 마련하였다.

　본 HK+사업단은 "근대 전환공간의 인문학, 문화의 메타모포시스"라는 아젠다로 문학과 역사와 철학을 아우르는 다양한 인문학 연구자들이 학제간 연구를 진행하고 있다. 개항 이래 식민화와 분단이라는 역사적 격변 속에서 한국의 근대(성)가 형성되어온 과정을 문화의 층위에서 살펴보는 것이 본 사업단의 목표이다. '문화의 메타모포시스'란 한국의 근대(성)가 외래문화의 일방적 수용으로도, 순수한 고유문화의 내재적 발현으로도 환원되지 않는, 이문화들의 접촉과 충돌, 융합과 절합, 굴절과 변용의 역동적 상호작용을 통해 형성되었음을 강조하려는 연구 시각이다.

　본 HK+사업단은 아젠다 연구 성과를 집적하고 대외적 확산과 소통을 도모하기 위해 총 네 분야의 총서를 발간하고 있다. 〈메타모포시스 인문학총서〉는 아젠다와 관련된 연구 성과를 종합한 저서나 단독 저서로 이뤄진다. 〈메타모포시스 번역총서〉는 아젠다와 관련하여 자료적 가치를 지닌 외국어 문헌이나 이론서들을 번역하여 소개한다. 〈메타모포시스 자료총서〉는 숭실대 한국기독교박물관에 소장된 한국 근대 관련 귀중 자료들을 영인하고, 해제나 현대어 번역을 덧붙여 출간한다. 〈메타모포시스 교양문고〉는 아젠다 연구 성과의 대중적 확산을 위해 기획한 것으로 대중 독자들을 위한 인문학 교양서이다.

본 사업단의 연구가 진행되는 가운데 새로운 총서 시리즈인 〈근대계몽기 서양영웅전기 번역총서〉를 기획하였다. 1907년부터 1911년까지 집중적으로 출간된 서양 영웅전기를 현대어로 번역하여 학계에 내놓음으로써 해당 분야의 연구 자료로 제공하자는 것이 기획 의도이다.

총 17권으로 간행되는 본 시리즈의 영웅전기는 알렉산더, 콜럼버스, 워싱턴, 넬슨, 표트르, 비스마르크, 빌헬름 텔, 롤랑 부인, 잔다르크, 가필드, 프리드리히, 마치니, 가리발디, 카보우르, 코슈트, 나폴레옹, 프랭클린 등 서양 각국을 대표하는 인물이다. 1900년대 출간 당시 개별 인물 전기로 출간된 것도 있고 복수의 인물들의 약전으로 출간된 것도 있다. 이 영웅전기는 국문이나 국한문으로 표기되어 있는데, 국문본이어도 출간 당시의 언어로 표기되어 있으므로 지금 독자가 읽기에는 다소 어려울 것으로 예상된다. 이에 원문을 현대어로 번역하고, 원자료를 영인하여 첨부함으로써 일반 독자는 물론 전문 연구자에게도 연구 자료로 제공하고자 했다. 현대어 번역은 해당 분야 전문가의 도움을 받았다. 본 시리즈가 많은 독자와 만날 수 있도록 애써 주신 연구자들께 감사드린다.

　동양과 서양, 전통과 근대, 아카데미즘 안팎의 장벽을 횡단하는 다채로운 자료와 연구 성과를 집약한 메타모포시스 총서가 인문학의 지평을 넓히고 사유의 폭을 확장하는 데 기여할 수 있기를 기대한다.

2025년 3월

숭실대학교 한국기독교문화연구원 HK+사업단장

장경남

차례

근세 제일 여중 영웅 라란부인전

일러두기

01. 번역은 현대어로 평이하게 읽힐 수 있는 것을 원칙으로 하였다.

02. 인명과 지명은 본문에서 해당 국가의 발음을 한글로 표기하고 각주에서 원문의 표기법과 원어 표기법을 아울러 밝혔다. 역사적 실존 인물인 경우 가급적 생몰연대도 함께 밝혔다.

    예) 루돌프(羅德福/ Rudolf Ⅰ, 1218~1291)

03. 한자는 꼭 필요한 경우 괄호 안에 병기하였다.

04. 단락 구분은 원본을 기준으로 삼되, 문맥과 가독성을 위해 필요한 경우 번역자가 추가로 분절하였다.

05. 문장이 지나치게 길면 필요에 따라 분절하였고, 국한문 문장의 특성상 주어나 목적어 등 필수성분이 생략되어 어색한 경우 문맥에 따라 보충하여 번역하였다.

06. 원문의 지나친 생략이나 오역 등으로 인해 그대로 번역했을 때 의미가 잘 전달되지 않는 경우 번역자가 [ ] 안에 내용을 보충하여 번역하였다.

07. 대사는 현대의 용법에 따라 " "로 표기하였고, 원문에 삽입된 인용문은 인용 단락으로 표기하였다.

08. 총서 번호는 근대계몽기 영웅 전기가 출간된 순서를 따랐다.

09. 책 제목은 근대계몽기에 출간된 원서 제목을 그대로 두되 표기 방식만 현대어로 바꾸고, 책 내용을 간결하게 풀이한 부제를 함께 붙였다.

10. 표지의 저자 정보에는 원저자, 근대계몽기 한국의 번역자, 현대어 번역자를 함께 실었다. 여러 층위의 중역을 거친 텍스트의 특성상 번역 연쇄의 어떤 지점을 원저로 정할 것인지가 문제였다. 일단 근대계몽기 한국의 번역자가 직접 참조한 판본부터 거슬러 올라가면서 번역 과정에서 많은 개작이 이뤄진 가장 근거리의 판본을 원저로 간주하고, 번역 연쇄의 상세한 내용은 각 권 말미의 해설에 보충하였다.

근세 제일 여중 영웅 라란부인전
近世第一女中英雄 羅蘭夫人傳 권지단

서문(序文)에서 말하였다.

"오호[1]! 자유여, 자유여! 천하 고금에 너의 이름을 빌려 행해진 죄악이 얼마나 많은가?"

이 말은 프랑스[2] 제일 여중(女中) 영웅 롤랑 부인[3]이 임종(臨終) 시에 한 말이다.

롤랑 부인은 어떤 사람인가? 그녀[4]는 자유 속에서 태어나 자유 속에서 죽었다. 롤랑 부인은 어떤 사람인가? 자유는 그녀에게서

---

1) 오호(嗚呼)라: 슬픈 일이 있을 때나 안타까워 탄식할 때 내는 감탄사로, 고전문학과 구술에서 종종 등장하는 표현법이다.

2) 프랑스(佛國/佛蘭西, France).

3) 롤랑 부인(羅蘭夫人, Madame Roland, 1754~1793): 풀 네임은 Marie-Jeanne Roland de la Platiere이며 결혼 전 성은 Philipon이다. 정치 세력 중 온건파에 속하는 지롱드파(Girondins)의 핵심 인물이며 루이 16세의 내무장관을 역임(1792년 3월~6월)한 장 마리 롤랑(Jean Marie Roland de Platiere, 1734~1793)의 아내이다. 1791~1792년 지롱드파가 우세한 지위를 점하던 시기에 주로 활약했다가 대립파인 자코뱅(Jacobins)이 실세를 장악한 1793년에 단두대에서 처형되었다.

4) 그녀: 원문에는 '저'로 되어 있다. '저'는 화자 외의 존경 대상을 지칭할 때 쓰이는 3인칭대명사이다. 다만 가독성을 위해 '그녀' 또는 '롤랑 부인'으로 바꿔 번역했다. 뒤에 나오는 '저'도 마찬가지다.

탄생했고, 그녀는 자유 때문에 죽었다. 롤랑 부인은 어떤 사람인 가? 그녀는 나폴레옹[5]에게도 어머니요, 메테르니히[6]에게도 어머 니요, 마찌니[7]와 코슈트[8]와 비스마르크[9]와 카부르[10]에게도 어머니 다. 질정(叱正)하여[11] 말하자면, 19세기 유럽[12] 대륙의 모든 인물이 롤랑 부인을 어머니로 삼지 않을 이 없고 19세기 유럽 대륙의 모든

---

5) 나폴레옹(拿破倫, Napoleon Bonaparte, 1769~1821): 코르시카 출신의 하급 귀 족으로 시작해 프랑스 혁명의 혼란한 시대 속에서 탁월한 군사적 재능을 통해 프랑스 를 승리로 이끌며 유럽의 모든 열강들을 굴복시키고 황제가 된 인물이다.

6) 메테르니히(梅特涅, Klemens von Metternich, 1773~1859): 오스트리아의 정치 가이다. 19세기 중엽 유럽 외교계의 제1인자로 군림한 인물로, 프랑스 혁명 이전의 구체제로 돌아갈 것을 주장하여 전대 군주 간의 국제적 단결을 강조했다.

7) 마찌니((瑪志尼, Giuseppe Mazzini, 1805~1872): 이탈리아의 국민 혁명의 지도 자이다. 오스트리아의 지배를 받는 민족의 해방과 통일을 위해 혁명 운동을 시작했 다. 1831년 청년 이탈리아 당을 조직하여 이탈리아 국가 부흥 운동을 위해 활동을 계속하였다.

8) 코슈트(噶蘇士, Lajos Kossuth, 1802~1894): 헝가리의 대표적인 민족주의자이 며 1848년 헝가리 혁명의 지도자였다. 국민주의 운동의 지도자이다. 국민당의 기관 지인 『페스티 히를라프』의 주필로 활약하였다. 1849년에 오스트리아로부터 헝가리 가 독립한 후 헝가리 왕국의 섭정 대통령이 되었으나 헝가리 혁명이 러시아군과 오스트리아군에 의해 진압되면서 외국으로 망명한 후 마치니 등의 혁명 망명가와 교제하며 피압박 민족의 대변자로서 정치적인 활약을 전개했다.

9) 비스마르크(俾士麥, Otto von Bismarck, 1815~1898): 독일의 정치가이다. '철혈 재상'이라 불릴 정도로 의회를 무시하고 군비확장을 강행하여, 독일이 통일하는 데 결정적인 기여를 한 인물이다.

10) 카부르(加富爾, Camillo Benso, Count of Cavour, 1810~1861): 이탈리아의 정치가이다. 로마, 베네치아를 제외한 이탈리아 중·남부를 통일하였으나 완전한 통일을 보기 직전에 사망하였다.

11) 질정(叱正)하다: 어떤 생각이나 말을 체계적이고 정확하게 정리하여 제시함을 이르는 말이다.

12) 유럽(歐洲/歐羅巴, Europe).

문명이 롤랑 부인을 어머니로 삼지 않을 수 없다. 무슨 이유로 그러한가? 프랑스 대혁명은 19세기 유럽의 어머니이고, 롤랑 부인은 프랑스 대혁명의 어머니이기 때문이다.

　이때는 150년 전 서력(西曆) 1754년 3월 18일이다. 프랑스의 수도 파리[13]의 반누프[14] 거리의 은장(銀匠) 필리퐁[15]의 집에서 한 여아(女兒)가 그 울음소리를 터뜨리며 이 세상에 모습을 드러냈다. 이는 곧 마리농 필리퐁[16]이요, 훗날의 롤랑 부인[17]이다. 그 가세(家勢)는 본시 지낼 만했다. 아버지의 성품은 순량하나 나약하며, 어머니의 성품은 강명(剛明)하여 장부(丈夫)의 기상이 있었다. 부모는 부지런하고 검소하여 평화로운 세상의 화목하고 평온한 백성으로 살며 산업(産業)을 저축했다. 이런 집안에서 능히 저러한 인물인 롤랑 부인이 탄생한 것은 시세(時勢)가 영웅을 낳은 것이지 백성의 힘으로 된 것은 아니었다. 점점 자라 평범한 사회 교육을 받았으나 그녀는 절세(絶世)한 출천지재(出天之材)[18]로 이해력[19]과 상상력이 충만하여 규범적 교육 외에 스스로 교육하는 것이 항상 백 갑절이나 되었다.

13) 파리(巴黎, Paris). 원문은 '파려'로 되어 있다.

14) 반누프 거리(般奴佛街, Rue Neuve des Petits-Champ): 18세기 파리 중심부에 있던 거리이다.

15) 필리퐁(菲立般, Philipon).

16) 마리농 필리퐁(瑪利儂 菲立般, Marie-Jeanne): 롤랑 부인의 본명이다. 마농(Manon)은 애칭이다.

17) 롤랑 부인: 장 마리 롤랑(Jean Marie Roland de laPlatiere, 1734~1793)과 결혼 후 얻은 호칭이다.

18) 출전지재(出天之材): 하늘이 낸 인재를 이르는 말이다.

19) 이해력(理解力): 원문에는 '해리(解理)하는 힘'으로 표현되었다.

나이 10세가 되자 능히 모든 고서(古書)를 혼자 읽었다. 매번 예수[20]의 사도(使徒)[21]들의 순교기록[22]과 아랍[23]과 터키[24]의 내란(內亂)을 다룬 극본(劇本)[25]과 문장가(文章家)[26]들의 여행기록, 호메로스[27]와 단테[28]의 시를 좋아했다. 그중에서도 플루타르크[29]의 『영웅전』[30]을 제일 좋아했다. 그 [책]속의 영웅들에게 자신을 빗대어, 늘 부모를 따라 교당(教堂)에 가서 기도할 때에도 이 책을 꼭 가지고 가서 몰래 보았다. 가끔 2천 년 전 스파르타[31]와 아테네[32]에서

20) 예수(耶穌, Jesus, B.C.4?~A.D.30?): 그리스도교(기독교)의 창시자이다.

21) 예수의 사도(使徒): 예수가 복음을 널리 전하기 위하여 특별히 뽑은 12명의 제자를 그리스도교에서는 '12사도'라 일컫는다. 이들은 베드로라고 하는 시몬과 그의 동생 안드레아, 제베대오의 아들 야고보, 요한, 필립보, 바르톨로메오, 토마스, 마태오, 알패오의 아들 야고보와 타대오, 가나안 사람 시몬, 그리고 가룟유다이다.

22) 예수 사도들의 순교기록: 원문에는 '예수의 사도들이 도를 위하여 피를 흘린 사적'으로 표현된 구절을 바꿔 번역했다.

23) 아랍(亞剌伯, Arab).

24) 터키(土耳其, Turkey).

25) 아랍과 터키 내란을 다룬 극본: 원문의 '근본'은 '극본(劇本)'의 오기이기에 바로잡아 번역했다.

26) 문장가(文章家): 원문은 '문장(文章)'으로 되었으나 '문장가'로 번역했다. 문장(文章)은 문장가의 준말이다.

27) 호메로스(荷馬, Homer, B.C.800?~B.C.750): 『일리아스』, 『오디세이아』의 저자이다.

28) 단테(但丁, Dante Alighieri, 1265~1321).

29) 플루타르크(布爾特奇, Plutarch, 46~120?): 그리스 로마 제정기의 시인이다.

30) 『영웅전』: 플루타르크의 『영웅전』은 전기문학의 걸작으로 평가받는다. 50인 이상의 전기로, 그리스인과 그와 유사한 로마인 전기를 비교 대조한 방식으로 집필했다. 정치가의 필독서로 평가받을 만큼 후세에 크게 영향을 미쳤다.

31) 스파르타(斯巴達, Sparta): 스파르타는 고대 그리스의 유명한 군사적 도시국가이다.

태어나지 못한 것을 한탄하고 책을 덮고 [마음] 속으로 울어 부모가
말려도 [울음을] 멈출 수 없었다.

　형제, 자매 6인이 다 불행하게 요절해 소년 생애(生涯)가 극히
적막했던 부인은 더욱 서책 속에서 친구를 찾았고 감정[33]이 날로
더하고 이상[34]은 날로 깊어 갔다.

　후일 남편 롤랑[35]에게 보낸 편지에서 이렇게 말했다.

　"첩이 감격한 뜻이 많은 것[36]은 천성이 그런지라. 고독한 교
육 속에서 생장(生長)하여 애정이 한 곳에 집중되어[37] 갈수록
더욱 깊어가매 무단(無端)히 노래하며 곡하고 때때로 슬퍼하며
즐거워했노라. 다른 여아들이 분주히 희롱(戲弄)[38]하며 즐겁게
음식 먹을 때 첩은 가끔 하늘을 우러러보고 땅을 굽어보며 신세
가 무궁한 감격[39]이 있노라."

32) 아테네(雅典, Athens).
33) 감정(感情): 원문은 '감동하는 정'이라 표현된 것을 바꿔 번역했다.
34) 이상(理想): 원문은 '이치의 생각'이라 표현된 것을 바꿔 번역했다.
35) 장 마리 롤랑(Jean Marie Roland de laPlatiere, 1734~1793): 프랑스의 정치가
　이다. 마리농 필리퐁과 결혼 후 지롱드당 지도자로 내각대신을 역임했다. 프랑스
　혁명 6월 사건 후 루앙에 도피했으나 부인의 처형을 듣고 자살했다.
36) 감격한 뜻이 많다: 중국어본(「佛國革命の花」를 저본으로 삼은 량치차오의 「近
　世第一女傑羅蘭夫人傳」을 지칭하며, 이하 동일하다)의 '다감(多感)'을 우리말로 의
　역해 풀어쓴 표현이다.
37) 일점으로 맺히다: 한 곳에 집중되다.
38) 희롱(戲弄)하다: 장난하다. 놀이하다.
39) 신세가 무궁한 감격: '인생무상의 감회'를 이르는 표현이다.

그녀의 기특(奇特)한 기운은 이로 보아 가히 알 수 있다.

그녀는 종교에 먼저 열심히 주의(注意)하였다. 11세에 부모께 청하여 수녀원[40]에 들어가 1년간 머물며 성교(聖敎)의 이치를 배웠다. 외조모 집에서 1년을 머물다가 집에 돌아간 그녀는 겸손하고 자애(慈愛)롭고 민첩함으로 온 가족이 사랑하고 친구가 사모하였다. 몇 해 동안을 이렇게 화평한 세월로 지냈다. 표면적 삶은 화평하나 그녀의 내면은 홀연히 큰 혁명할 뜻이 일어났다. 당시에 프랑스 정계(政界)상 혁명의 선봉(先鋒)이 될 소위(所謂)[41] 혁명사상[42]이 이미 이 여영웅이 탄생하기 전부터 조금씩 출몰(出沒)[43]하여 일어났다. 이때에 이르러는 더욱 치성(熾盛)[44]하여 무단히 이 평화로운 집 문틈으로 스며들었다. 심신(心身)이 민첩한 저 젊은 부인은 부지불각(不知不覺)중에 건장하고 탁월(卓越)한[45] 원동력(原動力)을 키웠다.

그녀는 날마다 독서하고 궁리(窮理)하기를 일삼더니 스스로 유전적 권세(權勢)[46]와 관습이 사회상의 부패한 큰 근원임을 깨닫고

---

40) 수녀원: 원문에는 '승방(僧房)'으로 표현되어 여승들이 사는 절이라는 의미로 쓰였다. 중국어본에도 '尼寺'로 적혀 있지만, 문맥상 시대적·국가적 배경을 고려하여 '수녀원'으로 바꿔 번역하였다.

41) 소위(所謂): 세상에서 말하는 바. =이른바

42) 혁명사상: 계몽사상 즉 계몽주의(啓蒙主義, Enlightenment) 사상가들(볼테르, 루소 등)의 이성중심의 사회 개혁 사상을 이른다.

43) 출몰(出沒): 어떤 현상이나 대상이 나타났다 사라졌다함을 이르는 말.

44) 치성(熾盛): 불길같이 성하게 일어남을 뜻한다.

45) 탁월(卓越)하다: 원문의 '타월'은 '탁월'의 오기이므로 바로잡아 번역했다. 남보다 두드러지게 뛰어나다는 뜻이다.

46) 유전적 권세: 신권정치와 세습 귀족제를 일컫는다.

날마다 더욱 싫어하고 깨트려 버리리라 생각했다. 그녀는 항상 독립적이고 자유로워 남을 의탁하지 않고, 남을 버리는 것을 행하지 않을 기개가 있었다. 어시[47]에 그 혁명을 먼저 종교로부터 시작하였다. 처음으로 『신약』(新約)에 전하던 예수의 [초자연적 행적]과 『구약』(舊約)에 전하던 모세[48]의 기적담[49]을 힐난(詰難)하여 "이것은 허탄하여 서지 못할 말이다."라고 말했다.

교회의 신부가 읽으라고 권한 기독교 서적 『증거론』[50] 등 책을 반복하여 해석하였다. 일변(一邊)[51]으로 읽으며 일변으로는 회의파(懷疑派)[52] 철학의 글을 읽어 확실한 이치(理致)로 허탄(虛誕)한 의론

---

47) 어시(於是): 여기에 있어서.

48) 모세(摩西, Moses): 이집트의 노예 생활을 하던 히브리인의 탈출을 이끌고 이스라엘 건국의 기초를 세웠다는 성경 속 인물이다. 역사학계에서는 전설 속 인물로 간주하지만, 유대교에서는 모세의 수명을 기원전 1391년~1271년으로 계산했고, 모세의 출생 연도에 대해 히에로니무스는 기원전 1592년을, 제임스 어서는 기원전 1571년을 제시했다.

49) 모세의 기적담: 홍해의 기적, 또는 모세의 기적(The crossing of the Red Sea)은 이스라엘 민족이 이집트에서 탈출할 때 모세가 홍해를 가른 기적이다. 모세가 지팡이를 들자 여호와가 바람으로 홍해를 갈랐고, 그 사이로 이스라엘 백성이 지나간 뒤 다시 지팡이를 흔들자 바다가 합쳐지면서 이집트 병사들이 몰살됐다고 한다. 출애굽기 14장에 묘사되어 있다.

50) 『증거론』: 종교 진리 입증을 위한 변증학 서적이다.

51) 일변(一邊): 어떤 일의 한 측면을 이른다. =한편

52) 회의파(懷疑派): 회의파는 인간의 의식은 모두 주관적이고 상대적이라고 보아 절대적 진리를 인식한다는 것에 대해 부인하고, 어떤 주장에도 반드시 반대 주장이 성립된다고 보아 궁극적인 판단을 내리지 않는 사상적 태도를 취하는 학파이다. 그리스, 로마시대에 스토아(Stoa)철학, 에피쿠로스(Epicouro-s)철학의 독단론적 경향에 반대하여 나타났다. 그리스의 피론(Pyrrhon, B.C.360?~B.C.270?)과 그의 제자 티몬(Timon, B.C.3207~B.C.2307)이 제창한 근대에는 몽테뉴(Montaigne, 1533~1592), 데이비드 흄(David Hume, 1711~1776) 등이 이러한 입장을 보였다.

(議論)을 이겨냈다. 저 부인이 나이 16, 17세에 마침내 종교에 미혹하던 망녕된 생각을 버렸으나 자친(慈親)[53]의 뜻을 상하지 않고자 하여 형식상으로만 교회에 간간(間間)이[54] 다녔다. 뇌락(磊落)하고[55] 절특(絶特)한[56] 기개가 있어, 진실로 이성(理性)으로 부정한 것은 비록 뇌정(雷霆)과 만근지력(萬斤之力)[57]으로도 능히 그의 뜻을 빼앗고, 그가 믿는 것을 꺾지 못했다.

그녀의 특성이 그러한 까닭[58]에 그 후 능히 섬섬약질(纖纖弱質)[59]로 백 가지 어려운 것을 당하여도 의심이 없고 사생(死生)을 임(臨)하여도 굴(屈)하지 않았다. 프랑스 대혁명이라는 캄캄한 [동]굴[60] 속에

---

53) 자친(慈親): 남에게 자기 어머니를 높여 이르는 말.

54) 간간(間間)이: 틈틈이.

55) 뇌락(磊落)하다: 마음이 너그럽고 작은 일에 얽매이지 않다.

56) 절특(絶特)하다: 원문에는 '특절'로 되어 있는데, 이는 절특(絶特)의 오기이기에 바로잡아 번역했다.

57) 뇌정(雷霆)과 만근지력(萬斤之力): '우레(雷) 같은 굉음과 만 근(鈞)의 무게'라는 의미로 고사성어 뇌정만균(雷霆萬鈞)을 풀어쓴 표현이다. 『한서(漢書)』「가의전(賈誼傳)」에서 유래된 성어로 한나라 문제(文帝) 시기의 정치가이자 문학가인 가의(賈誼, B.C.200~B.C.168)가 중앙집권 강화를 주장하며 쓴 「과진론(過秦論)」에서 진나라 멸망 원인을 분석할 때 진나라의 폭정을 천둥과 같은 막강한 힘으로 비유하며 '雷霆之所擊 無不摧折者 萬鈞之所壓 無不糜滅者(우레가 치는 곳은 부서지지 않는 것이 없고, 만 근의 무게가 누르는 곳은 으스러지지 않는 것이 없다)'라고 한 구절에서 찾아볼 수 있다.

58) 까닭에: 원문에 '소이(所以)로'로 표현되었다. '까닭' 혹은 '이유'의 뜻을 살려 의역하였다.

59) 섬섬약질(纖纖弱質): 가냘프고 여리며 약한 체질을 이르는 말이다.

60) 원문에는 '골'로 표기되었으나, 중국어본은 '放一文明燦爛之花於黑魆魆法國大革命之洞裏者, 皆此精神此魄力爲之也'라고 되어 있는 것으로 보아 '골'은 '굴'의 오기이다. 이에 '동굴'로 번역하였다.

서 문명의 찬란한 꽃을 피우게 한 것은 다 이 정신과 이 혼력(魂力)으로 된 것이다. 그녀는 플루타르크의 『영웅전』을 읽으며 마음이 그리스[61]와 로마의 공화정치에 심취하였고 또 대서양 건너편 해안에서 영국 헌법을 모방하여 새로 건국된 미국[62]을 그윽이 엿보며 그 발달, 진보의 빠름을 보고 놀랍게 여겼다. 이에 평등, 자유, 공정, 의리, 간소함에 대한 사랑이 점점 불 타는 듯하고 끓는 듯하여 저 부인의 마음속을 왕래하였다. 그녀의 이치와 사상이 그러했으나 실사(實事)를 말하자면 여전히 개혁(改革) 쇄신(刷新)한 정치 아래에 살며 나라의 충실한 신민(臣民)이 되길 바랐다. 루이 16세[63]가 즉위하자 그녀는 왕이 혁신할 대업이 일으키고 국민의 행복이 실현되리라 희망했다. 서력(西曆) 1775년 밀가루 전쟁[64]에는 오히려 국민의 과격성[65]을

---

61) 그리스(希臘, Gris).

62) 미국(美國, America).

63) 루이 16세(路易十六, Louis XVI, 1754~1793): 1774년부터 1792년까지 프랑스 왕국을 통치한 부르봉 왕가 출신의 5번째 왕이다. 루이 15세의 손자이며 본명은 루이 오귀스트다. 프랑스 혁명 때 퇴위당하고 단두대에서 처형되었다. 이 일로 말미암아 '마지막 루이(Louis le Dernier)'라는 별명이 있다.

64) 밀가루 전쟁(Flour War): 원문에는 '면포난리(面包亂離)'로 표현되었다. 한자 음역어인 '면포(面包)'는 빵을 뜻한다. '빵 전쟁' 또는 '밀가루 전쟁(Flour War)'이라 불리는 이 반란은 1775년 4월부터 5월까지 프랑스 왕국의 북부, 동부, 서부 지역에서 발생한 폭동이다. 재정 장관 앤 로베르 자크 튀르고(Anne-Robert-Jacques Turgot, 1727~1781)가 곡물 무역 자유화 정책을 실행하면서 정부는 곡물 가격 규제를 철회하고 시장에 맡겼고, 가뭄과 수확 부진으로 곡물 가격이 급등했다. 빵은 사람들 사이에서 중요한 식량 공급원이었는데 곡물 가격이 상승한 후 빵 가격의 인상되면서 서민층의 생계가 위협을 받게 되었다. 분노한 민중이 밀가루 창고와 시장을 습격해 곡물을 약탈하거나 강제로 저가 판매 요구했고, 튀르고는 군사력을 동원해 폭동을 진압했다. 그러나 여론 악화로 튀르고는 결국 곡물 가격 규제 재도입 및 개혁 정책을 철회했다. 절대왕정의 경제정책 실패와 민중의 불만이 표출된 사례로, 14년 후 프랑스 혁명의

허물로 여기며 정부의 정책을 돌봤다. 대개 그녀는 자애로운 사람이지만, 잔혹한 사람은 아니며 평화를 좋아하는 사람이지만, 요란(擾亂)을 좋아하는 사람은 아니다. 오호라! 자고(自古)로[66] 혁명 시대의 어진 사람과 뜻있는 선비[67] 중에 탁월하고 결백한 성질과 백성을 보기를 상한 것 같이 여기는 열정을 품지 않은 자가 어디 있겠는가? 진실로 만 번 부득이(不得已)함[68]이 아니면, 어찌 [자기] 한 몸의 피와 만인의 피가 서로 부딪히고 서로 상하게 하는 것을 쾌히 여기며 즐거워하리오? 그렇지만 바래도 바랄 것이 없고 기다려도 기다릴 것이 없어 부득불(不得不)[69] 인자함을 버리고 사랑함을 참으며 원통을 머금고 눈물을 털고 이 길로 나서지 않을 수 없으니 슬프다! 온화하고 정성스러운 롤랑 부인이 끝내는 천고(千古)의 참혹한 굴혈(掘穴)에 투신하여 죽어 천하에 사죄(謝罪)하였으니, 이는 그 누가 하라고 하여 이같이 하였으리오?

얼마 후에 그녀는 롤랑과 결혼하였다. 롤랑은 리옹[70]시 출신으로 온전히 자기 힘을 믿고 복과 명을 자기가 만든 사람이다. 19세에

단초가 된 사건으로 평가받는다.

65) 과격(過激)하다: 원문은 '급속히 격동'으로 표현되었다. 격동(激動)하다: 1. 정세 따위가 급격하게 움직이다. 2. 감정 따위가 몹시 흥분되어 어떤 충동이 느껴지다.

66) 자고(自古)로: 예로부터 내려오면서.

67) 어진 사람과 뜻있는 선비: 중국어본은 '인인지사(仁人志士)'로 되어 있다. 자애로우면서도 지조가 있는 사람, 또는 대중을 위해 몸 바치는 사람을 뜻한다.

68) 부득이(不得已)하다: 마지못해 하는 수 없이.

69) 부득불(不得不): 하지 아니할 수 없다. 또는 마음이 내키지 아니하나 마지못하다.

70) 리옹(里昻, Lyon): 프랑스 동부 도시, 지롱드파 지지 기반 중 하나이다.

혈혈단신(孑孑單身)[71]에 미국을 유람하고 또 도보(徒步)로 프랑스를 한번 다 돌아 유람하였다. 그 후에 아미앵[72]의 공업감독관(工業 監督官)으로 재직하던 시절 항상 공업과 상업(商業)의 글을 지어 문제를 논술하니 소문이 나서 온 나라에 유명해졌다. 여행을 좋아하고 글 읽기를 좋아하며 마음가짐은 정성스럽고 진실하며, 정밀하고 엄정히 일을 하며 행실은 단정하며 검소한[73] 생활했다. 그러나 자신감(스스로 믿는 힘)이 심히 굳세고 기운과 넋[74]이 극히 성하고, 또 어려서부터 마음이 공화정치에 취해 마리농과는 일찍부터 친했다. [두 사람은] 1780년에 혼례를 행하였다. 이때 롤랑의 나이는 45세이고 마리농의 나이는 25세이다. 이로부터 마리농이 롤랑 부인이라는 이름으로 세상에 드러났다.

롤랑 부인의 생애는 험했다. 급함으로 마쳤으나 평화로 시작했다. 결혼 2년 후에 한 여아를 낳았고 얼마 지나지 않아 [남편] 롤랑이 리옹시 공업감독관으로 전근되자[75] 온 가족이 리옹으로 이사했다. 이곳에서 롤랑의 학식과 인물을 크게 존경했다. 당시 리옹의 공업과 상업이 극도로 쇠패(衰敗)하여 롤랑이 급급히 정돈(整頓)하며 회복할 계책을 강론하며 항상 논술한 바 있어 자기 의견을 발표했다.

---

71) 혈혈단신(孑孑單身): 의지할 데 없이 외로운 홀몸을 이르는 말이다.

72) 아미앵(亞綿士, Amiens): 프랑스 솜주의 주도이다.

73) 검소하다: 원문은 '제 몫에 당한 것은 질박하게 했다'라 표현했으나 이를 바꿔 번역했다.

74) 기운과 넋: 기백(氣魄)을 이른다.

75) 전근하다: 원문은 '옮다'로 표현되었다. 어떤 곳에서 다른 곳으로 움직여 자리를 바꾸다는 의미기에 '전근'으로 바꿔 번역했다.

롤랑의 물망(物望)[76]이 더욱 높아져 갔으니 이는 실로 부인이 그 사이에서 모든 것을 좌지우지(左之右之)함[77]이다. 롤랑이 저술한 것도 [어느] 하나도 부인의 토론과 수정[78]을 받지 않은 것이 없었다. 부인은 또 가사(家事)를 보살피며 유녀(幼女)[79]를 양육하고, 또 여가(餘暇)에는 항상 박물학과 식물학을 공부하였다. 대개 롤랑 부인의 일생이 가장 쾌락하고 복(福)되기는 오직 이 4~5년이다.

그러나 하늘이 롤랑 부인에게 집안 살림에 복조를 누리고 생을 마감하는 것[80]을 허락하지 않았다. 프랑스 역사와 세계 역사상에 롤랑 부인의 이름이 들어가게 되니, 그 영광이 더욱 빛났다. 이어 바람이 점점 일고 구름이 점점 어지럽고 번개가 점점 번쩍거리고 물이 점점 솟아나듯이 왈칵왈칵! 무럭무럭! 프랑스 혁명이 일어났다. 차탄(嗟歎)하고 괴상하다! 프랑스가 드디어 대혁명을 면치 못하였다.

그때의 프랑스는 루이 14세와 루이 15세 두 왕조를 지내면서 재앙에 씨를 뿌린 것이 이미 무르익었다. 새로 즉위한 루이 16세는 부득불 그 조부가 끼친 재앙을 소멸해야 할 형세에 놓여있었다.

---

76) 물망(物望): 여러 사람이 우러러보는 명망을 이르는 말이다.
77) 좌지우지(左之右之)하다: 제 마음대로 다루거나 휘두르다.
78) 수정하다: 원문에는 '고침'으로 표현되었으나 문장의 자연스러움을 위해 바꿔 번역했다.
79) 유녀(幼女): 원문은 '아녀'로 되어 있으나 이는 중국어본의 '幼女'의 오기이기에 바로잡아 유녀로 번역하였다.
80) 생을 마감하다: 원문에는 '와석(臥席) 종신(終身)'으로 표현되었으나 이를 의역하였다.

화산이 크게 터질 기한이 점차 가까워져 여기서는 한 줄기 연기가 보이고 저기서는 은은(殷殷)한[81] 소리가 들리니 큰 난리를 이미 피하지 못하게 되었다. 루이 16세는 나약하여 능히 혼란을 바로잡지 못하고 도리어 [국민을] 격동케 하였다. 비록 현명한 재정 총감[82] 네케르[83]가 있으나 일을 처리하지 못할 줄 알고 몸을 빼 물러갔다. 루이 16세는 더욱 나약하고 조정에 권신과 간신들은 참람(僭濫)하고 개혁은 미뤄지고 부세(賦稅)[84]는 많고 생계는 궁박(窮迫)[85]하여 여러 가지 원인이 서로 얽히고 압박했다. 국민이 한번 또 한번 참고, 일 년 또 일 년을 기다렸다. 마침내 1789년에 바스티유 감옥에 쳐들어가 죄수들을 방석(放釋)[86]하니 비로소 혁명의 첫 소리가 일어났다.[87]

---

81) 은은(殷殷)하다: 원문의 '은은한 소리'는 중국어본의 '陰陰之響'의 번역이다. '은은하다'는 멀리서 들려오는 강렬한 소리를 묘사하고, '음음하다'는 흐린 날씨나 깊고 어두운 숲의 분위기를 표현한다. 원문이 중국어본을 번역하는 과정에서 '음음'이 '은은'으로 표기된 것은 오기 또는 오식일수도 있으나, 소리의 역동성을 전달하고 음향적 이미지를 강조하기 위한 원문 저자의 의도적 선택으로 간주해 원문의 '은은'을 살려 그대로 번역했다.

82) 현명한 재정 총감: 원문에는 '어진 정승'으로 되어 있다. 시대적 배경을 고려하여 표현을 바꿔 번역했다.

83) 네케르(尼卡亞, Jacques Necker, 1732~1804): 네케르는 루이 16세의 재정총감(財政總監)이다.

84) 부세(賦稅): 세금을 부과하다.

85) 궁박(窮迫)하다: 궁핍하다. 가난하다.

86) 방석(放釋)하다: 풀어내다.

87) 바스티유 감옥 습격 사건(Prise de la Bastille/Storming of the Bastille): 1789년 7월 14일에 파리 시민들이 바스티유(巴士的/巴士底, Bastille) 감옥을 습격하여 탈취한 사건이다. 본격적인 프랑스 혁명의 효시라고도 볼 수 있는 중요한 사건이다.

바스티유 감옥을 쳐부순 승전가(勝戰歌)는 곧 롤랑 부인이 출정 (出征)[88]하는 나팔 소리였다. 롤랑 부인이 지혜로운 눈으로 시국(時局) 대세(大勢)를 살피는 사이에 네케르의 거동과 국회[89]의 거동을 보니 [어느] 하나도 주저하여 뜻에 차는 것이 없었다. 이에 높이 뛰어 홀연히 일어나 말하였다.

"혁명이 이미 일어났으니 평생 꿈에 생각하던 공화주의(共和主義)를 이제 실행할 기회를 얻었도다."

부인이 혁명하기를 사랑하는 것이 아니라 프랑스를 사랑하는 까닭으로 어쩔 수 없이 혁명을 사랑하는 것이다.

부인이 말하였다.

"오늘날 프랑스는 이미 죽었으니 죽은 곳에서 살고자 하면 혁명을 떠나서는 할 수 없는 일이다."

이에 [롤랑] 부부가 온전히 혁명정신을 잉태(孕胎)하여 기르고 혁명사상을 널리 펼치는 것으로 일삼았다. 롤랑이 처음으로 리옹 클럽[90]을 창설하고 부인은 직접 혁명을 고동(鼓動)하는 논설을 저술하며 루소[91]의 인권론[92] 요약문[93]을 정리하고 미국의 「독립선언

당시 감옥의 수감자는 7명(위조범 2명, 정신병자 5명)에 불과했으나 절대 권력의 상징으로 공격 대상이 되었다.
88) 출정(出征): 원문에는 '출진(出陣)'으로 표현되었다. 싸움터로 나아간다는 뜻이다.
89) 국회(國會, National Constituent Assembly): 1789년 설립된 프랑스 초기 혁명 의회이다.
90) 리옹 클럽: 원문에는 리옹 구락부(俱樂部)로 표현되었다. 정치 토론 모임으로 자코뱅 클럽(Club des jacobins), 코르들리에 클럽(Club des Cordeliers) 등이 유명하다. 1790년 설립된 리옹 클럽은 지롱드파의 전신이 된 지식인 모임이다.
91) 루소(盧梭, Jean-Jacques Rousseau, 1712~1778): 존 로크(John Locke, 1632~

문」[94]을 인쇄하여 직접 가지고 원근에 밤낮없이 배포하였다. 이때로부터 소위 롤랑가의 소책자라고 하는 것이 파리와 리옹 사이에 비와 쌀눈같이 흩어져 떨어졌다. 친구 브리소[95]는 「애국보」[96]를 파리에서 창설하고 친구 샹파뉴[97]는 「자유보」[98]를 리옹에서 창설하

1704)와 몽테스키외(Charles-Louis de Secondat Baron de La Brède et de Montesquieu, 1689~1755)를 계승하여 프랑스 대혁명의 중요한 이론적 토대를 제공한 사상가이자 소설가이다.

92) 루소의 인권론: 장 자크 루소는 "사회계약은 자유와 평등에 기반해야 하므로 국가의 규칙인 법은 '일반의지'를 통해 결정되어야 한다"는 인민주권론을 주장했다.

93) 원문은 '대지'로 표현되었다. 대지(大旨)는 말이나 글의 요약을 이르는 말이다. 요약문으로 바꿔 번역했다.

94) 미국 독립선언문(美國獨立宣言, Declaration of Independence): 1776년 7월 4일, 영국령 북아메리카의 13개의 식민지의 대표들이 필라델피아에서 열린 제2차 대륙회의에서 발표한 「독립선언문」을 일컫는다. 「프랑스 인권 선언」, 「권리장전」과 더불어서 자연법/인권 사상의 발전 과정상 빼놓을 수 없는 중요한 문서 중 하나이다.

95) 브리소(布列梭, Jacques Pierre Brissot, 1754~1793): 프랑스 혁명기의 정치가로 지롱드파의 지도자이다.

96) 「애국보」: 1789년 프랑스 혁명이 발발하자 자크 피에르 브리소는 「프랑스 애국자」(Le Patriote français)라는 신문을 발행하여 혁명을 옹호했다.

97) 루이 마리 드 라 레비에르(路易-馬里·德·拉·雷維耶爾-萊波, Louis-Marie de La Révellière, 1753~1824): 원문에는 '샹파니'로, 중국어본에는 '占巴尼'로 쓰였다. 샹파뉴(Champagneux)는 필명이다. 지롱드파 인사이자 롤랑 부부의 정치 동맹이다.

98) 「애국보」: 「리옹 쿠리에」(里昂信使報, Le Courrier de Lyon)를 지칭한다. Reynolds, Sian(2012). Marriage & revolution. Monsieur and Madame Roland. Oxford, England. 113쪽에 보면, 샹파뉴의 「리옹 쿠리에」이 신문에 대한 언급이 나온다. "리옹과 보졸레 지역에서 발송된 강경한 어조의 보고서중 첫 번째 기사가 《르 파트리오트 프랑세즈(프랑스 애국자)》(Le Patriote français)에 실렸다. 이 신문은 롤랑 부부의 친구 브리소(Brissot)가 최근 파리에서 창간한 일간지였다. 브리소는 이 기사를 '매우 계몽적이고 진정으로 에너지 넘치는 성격의 여성'이 '빌프랑슈(Villefranche)'에서 쓴 것이라 소개했다 이로써 롤랑 부부는 단순한 독자에서 혁명 언론계의 참여자로 변모했다. **파리에서는 브리소를 통해, 리옹에서는 샹파뉴(Champagneux)를 통해 활동했다.**

였다. 부인은 두 잡지의 주필이 되어 바람을 불게 하고 비를 부르며 하늘을 놀래고 땅을 움직이며 신을 부르짖게 하고 귀신을 울게 하며 용을 놀라게 하고 뱀을 달아나게 하니 프랑스 중앙의 기상이 일변했다.

1791년, 리옹시의 재정이 곤란하여 국회(國會)[99]에 원조(援助)를 청하니 롤랑이 위원으로 선정되어 부부는 7개월간 파리에 머물렀다. 부부가 파리에 이르자, 그들의 여관이 삽시에 유지자[100]의 공회장(公會場)[101]이 되었다. 친구 브리소, 페티옹[102], 베르니오[103], 로베스

샹파뉴는 1789년 9월 보수파의 《리옹 저널》(*Journal de Lyon*)에 대항하기 위해 자신의 신문 《리옹 쿠리에 *Le Courrier de Lyon*》 [원문 오기: *Courier*]를 창간했다. 이 신문의 부제는 "프랑스 혁명 총정리"(*Résumé général des Révolutions de la France*)였다. 'This was the first of a number of strongly-worded dispatches from Lyon and the Beaujolais to be published in Le Patriote français, the daily newspaper recently started in Paris by the Rolands' penfriend, Brissot. He described the above as written by 'a very enlightened woman, of truly energetic character, writing from Villefranche'. From merely being readers, the couple now became involved in the world of revolutionary journalism, **in Paris through Brissot, and in Lyon through** <u>Champagneux,</u> who had started his own newspaper Le Courier [sic] de Lyon in September 1789, as a rival to the conservative Journal de Lyon. Its sub-title was Résumé général des Révolutions de la France.'

99) 국회(國會): 1789년 5월 소집된 삼부회(三級會議, États Généraux)를 지칭한다. 6월에 국민의회(國民議會)로 개칭했다.

100) 유지자(有志者): 어떤 일에 뜻이 있거나 관심이 있는 사람들. = 혁명지사(革命志士)

101) 공회장(公會場): 혁명기 클럽 모임 장소.

102) 페티옹(Jerome Petion de Villeneuve, 1756~1794): 프랑스의 정치가이다. 변호사로 삼부회에 선출되어 브르통 클럽(Club Breton: 쟈코뱅 클럽의 전신)에 소속하였다. 쟈코뱅 클럽 의장, 파리형사재판소 소장, 파리 시장 등을 역임하였으나 로베스피에르와 대립하면서 지롱드당의 지도자로 지목되어 체포령이 내려지자 자살했다.

피에르[104] 등이 동지(同志)들을 인도하여 서로 소개하고 이틀에 한 번씩[105] 롤랑의 여관에서 회집(會集)했다. 그때의 부인의 거동(擧動)은 어떠했는가? 부인이 직접 기록한 바 있다.

"내가 스스로 여자의 본분(本分)을 아는 고로, 비록 날마다 내 앞에 모여 개회(開會)하나 내 결코 망녕되게 의론 끝에 참여하지 않았다. 그러나 모든 동지의 일동일정(一動一靜)[106]과 일언일사(一言一事)를 내가 다 자세히 듣고 단단히 기록하여 빠진 것이 없었다. 때론 혹 말하고 싶은 것이 있어도 나는 반드시 혀를 물어 스스로 억제하였노라."

오호라! 이 국세가 간난(艱難)한 때를 당하여 영웅이 무리를 지어 화로(火爐)를 둘러 앉아 손바닥을 치며 큰 계교를 의론할 때 우연히 한번 눈을 들어 보면, 눈썹은 헌헌(軒軒)하고 눈이 청청(淸淸)하여 풍채가 세상에 드물고 신광(神光)[107]이 사람을 어리고[108]입으

---

103) 베르니오(Pierre Victurnien Vergniaud, 1753~1793): 프랑스의 혁명가이다. 부르주아 출신으로 입법의회의 의원이 되어 지롱드파를 이끄는 지도자가 되었다. 1793년에 지롱드파가 몰락하고 로베스피에르의 공포 정치가 시작되면서 처형되었다.

104) 로베스피에르(羅拔士比, Maximilien de Robespierre, 1758~1794): 프랑스 대혁명 당시 급진파 자코뱅파의 지도자로 공포정치를 펼친 인물이다. 루이 16세를 비롯해 반대파 수백 명을 단두대에 올렸다.

105) 간일(間日): 이틀에 한 번씩. =격일(隔日)

106) 일동일정(一動一靜): 하나하나의 동정. 또는 모든 동작을 이르는 말이다. =일거수일투족(一擧手一投足)

107) 신광(神光): 『장자(莊子)』 「천하편(天下篇)」의 '神光明澈'에서 나온 표현으로,

로 말하고자 하다가 입술을 가만히 깨물고 눈을 자주 반짝여 빛이 더욱 엄정(嚴正)한 부인이 곁에서 감독하였다. 부인이 비록 강하게 스스로 억제하나 그 창자에 가득한 정신과 일신에 정력이 이미 은연히 온 세상의 좋은 남자들을 일으켜 고동시키며 격동시켰다. 이 7개월 동안에 [부인이] 이미 소위(所謂) 동포회(同胞會)[109]에 맹세하고 들어온 모든 명사(名士)를 사귀고 또 자주 [쟈코뱅] 클럽 연설과 국회 토론을 들었다. 부인은 혁명에 진척이 더딘 것에 한하고 크게 분격하였다. 이에 브리소에게 편지를 부쳐 말했다.

"나의 사랑하는 시아로[110]여! (시아로는 로마[111] 민권(民權)의 영수(領袖)[112]인데 이때의 편지투가 흔히 그리스와 로마의 공화 정치에 유명한 사람으로 서로 호칭하여 불렀다.) 어찌 당신의 붓을 불 속에 던져버리고 [발길을] 돌려 번뜻거리며 초야(草野)[113]에 들어오지 않나뇨? 지금 국회가 부패하고 무너진 한 흙덩어리에 불과하오. 오늘날 내란(內亂)[114]은 벌써 흉사(凶事)가

초월적 기운을 의미한다.
108) 어리다: 황홀하거나 현란한 빛으로 눈이 부시거나 어른어른하다.
109) 동포회(同胞會, Société des Amis de la Constitution): 초기 혁명 클럽으로 후에 자코뱅 클럽(Club des Jacobins)으로 개편되었다.
110) 시아로(士亞羅): 로마 공화정의 그라쿠스(Gaius Gracchus, B.C.154~B.C.121) 형제를 가리키는 별칭으로 공화주의 상징한다.
111) 로마(羅馬, Roma).
112) 영수(領袖): 여럿 중의 우두머리를 이른다.
113) 초야(草野, Campagne): '풀이난 들'이라는 뜻으로 궁벽한 시골을 이르지만 문맥에서는 민중의 공간을 상징하며 혁명적 행동 무대를 일컬어 표현하였다.

되지 않을 것이니 우리는 진실로 죽어야만 쓸 것이다. 내란이 있어야 혹 소생(蘇生)할 수 있으니, 이제 내란이 없으면 자유가 없어질 것이오. 우리가 어찌 내란을 두려워하겠느냐? 내란을 피하겠느냐?"

이것은 실로 부인이 그 시(時)에[115] 급히 나아가는 정형이다. 부인이 국회가 '빙빙과거(氷氷過去)'[116]함에 분노하여 드디어 분개하여 다시는 방청(傍聽) 자리에 들어가지 않았다.

그해 6월에 루이 16세가 몰래 도망하였다가 잡혀 다시 파리에 돌아오니[117] 부인이 이 때에 마땅히 혁명을 실행하리라고 생각했어도 오히려 실행하지 못하여 슬프고 분함이 더욱 심하여 그윽이 탄식하여 말했다.

"우리가 오늘날 반드시 혁명을 한번 해야 하나 백성도 과연 이러한 혼력(魂力)이 있는지 내 심히 의심하노라."

이로부터 불쾌하여 그 가장(家長)[118]과 함께 리옹으로 돌아갔다. 가는 길에 로베스피에르의 혁명 격서(檄書)[119]를 흩뿌리며 반포하

---

114) 내란(內亂, Guerre Civile): 왕당파와 혁명파의 갈등을 지칭한다.

115) 그 시에: 중국어본에는 '當時'라 표현한 것으로 보아, 그때, 당시를 이른다. =그때에.

116) 빙빙과거(氷氷過去): 세상을 어름어름 지내다.

117) 1791년 6월 20일, 루이 16세 바렌느 도주 사건(Varennes Escape)을 일컫는다.

118) 가장(家長): '남편'의 높임말로 쓰임.

119) 격서(檄書): 혁명 사상을 선전하는 선동 문서를 이르는 말이다. =격문(檄文). 로베스피에르의 혁명 격서는 1791년 7월 발표된 〈왕권폐지청원서〉를 일컫는다. 이

여 백성을 격동하였다.[120]

부부[121]가 월말[122]에 리옹시에 돌아와 국회[123]를 해산하고 따로 입법의회(立法議會)[124]를 세워 의원 745인으로 새롭게 조직하였다. 그때 공업제조관(工業製造官)[125] [직책이] 철폐(撤廢)되자 롤랑은 온전히 문필에만 종사하여 더욱 애국사업에 정성을 다했다. 12월에 온 가족이 파리로 이사했다.

당시 프랑스의 국권은 완전히 입법의회의 손에 있었으며, 의회는 세 개의 파별로 나뉘었다. 하나는 평원파(平原派)[126]이다. 회의장

격서에서 로베스피에르는 '루이 16세는 이미 국민과 전쟁 상태'라고 주장했다.
120) 이때까지도 롤랑 부인과 그 지롱드파는 로베스피에르는 적대 관계가 아니라 가까이 지냈다.
121) 부부: 원문에는 '량쥬'로 표현되었다. '양주(兩主)'는 바깥주인과 안주인이라는 뜻이기에, '부부'로 번역했다.
122) 중국어본에는 '夫妻歸裏昻之月杪'로 표현되었다. 원문에는 '월사'로 쓰여 있으나 이는 '월초(月杪)'의 오식으로 보인다. '초(杪)'는 나뭇가지의 끝을 가리키는데, 시간의 끝으로 활용되기도 한다. 따라서 월초는 한 달의 마지막 며칠을 이른다. =월말(月末)
123) 국회(國會): 1791년 9월 30일까지 운영된 제헌의회(Constituante)를 이른다.
124) 입법의회(立法議會, Assemblée nationale législative)는 프랑스 혁명시기인 1791년 10월 1일부터 1792년 9월 20일까지 있었던 프랑스 왕국의 입법의회이다. 프랑스 최초의 입헌군주제 정권하에 있었던 의회였다. 일원제로 헌법제정 국민의회(입헌의회)에 의해 제정된 『프랑스 헌법(1791)』에 따라 소집되어 8월 10일 사건 이후 국민 공회를 위한 의원 선거를 실시하고 해산했다. 정식 명칭은 '입법국민의회'이고 '입법의회'는 약어이다.
125) 공업제조관(工業製造官): 앙시앵 레짐(Ancien Régime) 시기 제조업 통제관이다. 혁명기 직제 개혁으로 폐지되었다.
126) 평원파(平原派, La Plaine): 마레파(Le Marais)라고도 불린다. 프랑스 혁명 기의 정파이다. 온건 공화파인 지롱드파, 급진 공화파인 몽테뉴파(또는 산악파)의 중간에 위치에 있었으며 두 정파간의 갈등을 완화시키려고 노력한 정파이다.

의 평탄한 곳에 그 좌석을 점령했기에 이 이름을 얻었고 실로 평범한 인물들이 모였다. 둘째는 산악파(山岳派)[127]이다. 회의장의 높은 좌석을 점령했기에 이 이름을 얻었고 실로 극히 급하게 격동하는 파이다. 이후 파리에 피를 뿌린 사람인 로베스피에르와 당통[128]과 마라[129] 등이 모두 이 파의 쟁쟁(錚錚)한[130] 자이다. 셋째는 지롱드파[131]이다. 그 의원들이 대부분 지롱드 지역에서 선정하여 나왔기에 이 이름을 얻었고 이 파가 당시에 가장 세력이 있었다. 브리소와 베르니오, 루벳[132] 등 모든 현인(賢人)들이 다 여기에서 나왔다. 이 사람들 모두 플루타르크의 『영웅전』과 루소의 『사회계약론』[133]의 감화를 받아

127) 산악파(山岳派, La Montagne): 몽테뉴파라고도 불린다. 프랑스 혁명시기 국민 공회에서 활동하던 가장 급진적인 정치 파벌로, 지롱드파와 대립하였다. 프랑스 혁명 기간에 벌어진 공포정치의 주도 세력이다.

128) 당통(Georges Danton, 1759~1794): 산악파의 지도자이다.

129) 마라(Jean-Paul Marat, 1743~1793): 「인민의 벗」 발행인으로 산악파에 참가하여 공포 정치를 추진한 인물이다.

130) 쟁쟁(錚錚)하다: 여럿 사람 중에서 아주 뛰어남을 이르는 말이다.

131) 지롱드파(狄郎的士派/吉倫特派, Girondins): 프랑스 혁명 중 프랑스 정치 파벌의 하나이다. 정치적으로는 온건한 개혁 성향을 보였으며, 자코뱅 클럽에 속해 있을 때에는 클럽 내 우파로 분류되었다. 주요 지도자들은 피에르 베르니오와 자크 피에르 브리소, '지롱드파의 여왕'이라는 별명을 가진 마담 롤랑 등이 있다.

132) 루벳(Jean-Baptiste Louvet de Couvray, 1760~1797): 혁명 초기 자코뱅 클럽에 가입했으나, 후에 온건 공화주의 성향의 지롱드파로 전환했다. 1792년 10월 국민 공회에서 로베스피에르를 공개적으로 비난하는 연설을 통해 산악파와 대립했다. 이 연설에서 그는 로베스피에르를 '독재의 추종자'라 규정하며 공화국의 위협으로 지목했다. 원문의 '로잠애'는 중국어본의 '魯卡埃'의 한자음역이다.

133) 『사회계약론』: 1762년 프랑스 계몽주의 철학자 장자크 루소가 발간한 책이다. 원제목은 '사회계약 또는 정치권의 원리(Du Contrat Social ou Principes du droit politique)'이며 전체 4부로 구성되었다. 사회나 국가의 성립은 국민의 자유로운 계약에서 이루어진 것이며 그 주권은 국민에게 있다고 주장하여, 19세기 이후 절대

나이는 젊고 기운은 세고 뜻은 높고 행실은 조촐했다. 그들은 거울 같은 이상(理想)과 찢어지는 것 같은 애국심으로 서로 사귀었다. 이들을 고동(鼓動)하며 조련하며 지휘하는 자는 실로 롤랑 부인이었다. 지롱드파의 괴수(魁首)[134]는 이름인즉 롤랑이나 실상인즉 롤랑 부인이다. 이것은 역사가에서 다 아는 바이다.

이에 이르러는 내외의 형세가 더욱 급하여 화(禍)가 눈썹에 임박[135]하였다. 잔명이 다 죽어가는 저 루이 16세가 이에 부득이하여 나라를 그르친 옛 신하(舊臣)들을 배척(排斥)[136]하고 민당(民黨)[137]으로 대신하였다. 이에 물망(物望)을 [얻은] 롤랑이 돌아가 공천을 입어 내무대신(內務大臣)이 되었다.[138] 이때는 1792년 3월이다. 부부가 명을 받아 관저(官邸)로 이사하고 롤랑이 입궐(入闕)할 때 평상복을 입고 평상 모자를 쓰고 낡은 신을 신고 친숙한 친구를 찾는 듯이 하니 궁중에서 시위(侍衛)[139]하는 자들이 놀라지 않는 이가 없었다.

옛날 한 시골에 조그마한 상무관의 아내가 이제 장차 기울어져

왕권에 반대하는 민주주의 혁명에 커다란 영향을 주었다. 원문에서는 민약론이라 지칭했는데, 일본에서 루소의 『사회계약론』을 번역해 『민약론』이라 한데서 기인한 것으로 보인다.

134) 괴수(魁首): (못된 짓을 하는) 무리의 우두머리라는 뜻을 가지나, 문맥상 우두머리 혹은 두령, 두목으로 보는 것이 마땅하다.

135) 화가 눈썹에 임박하다: 중국어본은 '禍迫眉睫'이라는 성어로 표현했다.

136) 배척(排斥): 거부하여 물리치다.

137) 민당(民黨): 민당은 지롱드파를 지칭한다. 1792년 3월, 코너에 몰린 루이 16세는 지롱드파로 내각을 조직했고 롤랑이 내무장관에 올랐다.

138) 롤랑은 1792년 3월~6월, 1792년 8월~1793년 1월 두 차례 내무대신을 역임했다.

139) 시위(侍衛): 임금이나 어떤 모임의 우두머리를 모시어 호위함. 또는 그런 사람을 이른다.

가는 루이 왕조 내무대신의 부인이 되었다. 롤랑 부인의 세력이 이에 이르러 더욱 왕성하여 그녀의 집은 항상 지롱드파의 회소(會所)[140]가 되었다. 부인이 낮이면 모든 당파를 불러 모이고 밤이면 몸을 굽혀 정성을 다하여 가장의 사무를 도왔다. 롤랑이 매번 동료와 더불어 의론할 일이 있으면 반드시 부인을 청하여 같이 좌석에 참여하게 했고 내무대신의 공사 책상 위의 낭자(狼藉)하게[141] 산같이 쌓인 긴요(緊要)한 문부(文簿)를 낱낱이 다 부인의 손을 지난 후에야 비서관에게 하달했다. 의회와 내각 회의에 제출할 모든 보고서도 다 부인이 기초(起草)[142]하고 정부에서 출간(出刊)하는 관보(官報)도 다 부인이 그 방침을 지휘하며 그 사무를 감독했다. 당시 신정부(新政府)가 날마다 공화사상(共和思想)에 나아가게 한 동력은 다 롤랑 부인이 한 것이다. 프랑스 내무대신의 인장(印章)[143]을 가진 이는 비록 롤랑이나 그 큰 권세는 실로 이 여재상(女宰相)[144]의 손아귀에 있었다. [145]

140) 회소(會所): 여러 사람이 모이는 곳을 이르는 말이다.

141) 낭자(狼藉)하다: 여기저기 흩어져 어지럽다.

142) 기초(起草): 글의 초안(草案)을 잡다.

143) 중국어 원문은 '금인(金印)'이라 표현하였다. 이는 프랑스 장관의 직인으로 푸른 리본이 달린 금도장이다.

144) 여재상(女宰相): 중국어본에는 홍안재상(紅顔宰相)이라 표현하였다. '얼굴 붉은 여성 재상'이라는 뜻이다. 당시 신문 『페르 뒤센(Le Père Duchesne)』이 롤랑 부인을 비꼰 별칭이기도 하다.

145) 프랑스 내무대신의 인장을 가진 이는 비록 롤랑이나 그 큰 권세는 실로 이 여재상의 손아귀에 있었다: 1792년 6월 13일자 「파리 혁명지」는 "내무부의 진정한 장관은 롤랑의 부인"이라 보도하며, 당시 그녀의 막후 권력을 입증했다.

롤랑 부인은 개혁하는 사업은 결단코 왕실을 의뢰(依賴)할[146] 수 없다고 생각했다. 그런 이유로 다른 사람은 비록 루이 왕을 믿으나 부인은 절대 믿지 않았다. 부인은 말했다.

"나는 전제정치 아래에서 생장하여 전제(專制)로써 [나라를] 세운 왕은 능히 입헌정치(立憲政治)를 실행하리라 끝까지 믿지 않노라."

롤랑이 처음 대신이 되어 루이 왕을 보고 흔연(欣然)히 기쁜 빛이 있어 돌아와 부인을 보고 말하자 부인이 말했다.

"그대는 어리석음을 면하지 못하였도다. 정부는 불과 한 주막(酒幕)[147]이고 대신(大臣)은 불과 왕의 한 어리광대요."

부인은 단지 왕만 의심할 뿐 아니라 어떤 사람이든지 귀족당(貴族黨)[148]과 관계가 있는 자는 모두 의심하였다. 그때 한 숙련한 외교가(外交家) 탈레랑[149]이라는 자가 그 벗을 데리고 와서 부인께 뵙고 물러갔다. 부인이 다른 사람에게 이렇게 말했다.

"저런 무리의 모든 좋은 남자라 하는 이들은 얼굴에는 애국하는 모양이 있고, 입으로는 애국하는 말을 많이 한다. 내가 보기에는 저 자들도 애국하지 않는 것은 아니나 나라를 사랑하기를 제 몸

---

146) 의뢰(依賴)하다: 남에게 의지하다.

147) 주막(酒幕): 시골 길가에서 술과 밥을 파는 집을 이르는 말이다. 중국어 원문에는 '酒店'으로 표현했는데, 프랑스 속담 "정치는 카바레트 춤과 같다(La politique, c'est un bal au cabaret)"에서 유래한 것이다.

148) 귀족당(貴族黨): 왕정 복고를 주장한 집단으로 1789년 7월 이후 대부분 망명했다.

149) 탈레랑(Charles Maurice de Talleyrand, 1754~1838): 혁명기에서 나폴레옹 시대의 변절 외교관으로 불리는 인물이다. 원문은 '초마력', 중국어본은 '焦魔力'이라고 인명이 표기되었다.

사랑하듯이 못하니, 나는 우리나라 가운데 이런 사람이 있는 것은 원치 않노라."

조그마한 일개 롤랑 부인이 날마다 그 지아비를 부추기고 다른 대신을 부추기며 전체 지롱드 당파를 부추겨 루이 왕과 서로 멀어지게 하였다.

이해 6월에 이르러 왕과 신정부 사이에 충돌이 이미 극도에 달했다. 그 전 4월에 오스트리아[150]와의 전쟁에서 패배하여 인심이 흉흉했다. 국내의 완고(頑固) 성직자[151]들은 새로 낸 법[152]을 지키지 않겠다고 맹세해 사기(事機)가 더욱 어지럽고 급박했다. 정부에서 이에 두 가지 큰 정책을 제출했다. 하나는 파리 각 지방에서 새 병정 2만 명을 모집하여 내란과 외적을 막으며 도성을 보호하게 하는 것이다. 둘째는 무릇 헌법을 따르지 않는 성자[153]들은 다 지경밖에 쫓아내게 하는 것이다. 루이 왕이 허락하지 않자 롤랑 부인은 지롱드파가 조정(朝廷)[154]에 대하여 순종할지, 배반할지는 마땅히 이 방책을 실행 여부로써 결단하리라고 다짐하며 이에 [남편] 롤랑을 재촉하여 내각 제(諸) [의]원을 연합하여 왕께 글을 올렸다.

---

150) 오스트리아(墺地利, Austria).

151) 성직자: 번역문 원문은 '선배'로 되어 있으나 중국어 원문에는 '教士'로 표현되어 선교사, 성직자 등으로 번역하는 것이 마땅하다.

152) 새로 낸 법: 新憲法, 즉 1791년 9월 제정된 입헌군주제 헌법을 지칭한다. 성직자는 국가에 충성 서약해야 했으나 50%가 이를 거부했다.

153) 성자: 원문의 '교민(教民)'은 천주교나 기독교를 믿는 중국인으로 쓰이는 용어로, 청말(清末)의 용어이다. 의미가 상통한 성자로 바꿔 번역했다.

154) '조정(朝廷)': 시대적 배경으로 보면 왕실로 이해해야 할 것이다.

"만약 국가를 편안하게 하고 사직을 이롭게 하고자 할진대 마땅히 속히 이 안건을 실행하소서. 그렇지 아니하면 신 등은 해골을 빌어 물러가고 다시 왕을 위하여 주선할 수 없삽나이다."

이 상소(上訴)[155]의 문필은 정묘(精妙)하고 강직하고 사리(事理)는 간략하며 명백하였다. 그 기안(起案)을 지은 사람은 실로 롤랑 부인이다. 의론하는 자들이 '프랑스 역사상 최고의 공문서'라고 평가하였다. 그러나 루이 16세가 강팍(剛愊)하여[156] 그 의안을 쓰지 않아 6월 11일에 신정부가 드디어 [루이 16세를] 총사직(總辭職)했다.

혁명이 일어날 형세가 더욱 빠르고 급하여 8월 10일[157]에 이르러 루이 16세가 마침내 폐위되어 별전(別殿)에 갇히니, 왕정(王政)이 거꾸러지고 공화(共和)가 이미 섰다. 입법의회가 가 민선의원(民選議員)[158]으로 전환되었고 새 행정의회(行政議會)[159]가 세워지자 롤랑이 다시 내무행정관에 복직했다. 왕의 폐위를 주창(主唱)한 자는 산악당였으나, 지롱드당 또한 찬성하였다.

롤랑 부인의 사상이 이제 이미 현실화되어 태평할 날을 지정하여

---

155) 1792년 6월 10일 롤랑 부인이 작성한 상소문인 〈국왕에게 보내는 각료단 최후통첩〉이다.

156) 강팍(剛愊)하다: 성격이 까다롭고 고집이 세다.

157) 8월 10일 튀일리 궁전 습격 사건이다. 스위스 근위대 600명 학살되었고, 왕가가 텡플 탑에 감금되었다.

158) 민선의원(民選議員): 1792년 9월 21일~1795년 10월 26일 국민들의 보통선거로 의원을 선출하였는데, 여성과 하층민은 선거권이 없었다.

159) 행정의회(行政會議, Conseil exécutif provisoire): 6명의 장관으로 구성되었는데 당통, 롤랑이 임명되었다.

기다릴 것이라 생각했지만 뜻밖에 한 물결이 평정(平靜)되지 못하여서 또 한 물결이 일어나며[160] 앞문에서 호랑이를 막았는데 뒤문에서 이리[161]가 들어오며 위에 있던 큰 원수는 이미 죽었는데 아래 있던 큰 원수가 방장(方壯)[162] 우익(羽翼)을 일으킬 줄[163] 어찌 알았으리오? 이제는 롤랑 부인이 드디어 자기가 만들어 낸 혁명 풍파 중에 투신하지 않을 수 없어 그 속에 씹히고 끼이며 말려 들어갔다.

강물이 숨겨진 흐름에서 솟아나 단숨에 천 리를 내리쏟으니, 인간의 힘으로 어찌 막아낼 수 있으리오. 롤랑 부인이 이미 우리를 열고 혁명의 날랜[164] 짐승을 몰아내니 날랜 짐승이 왕을 물어 왕이 죽고 귀족을 물어 귀족이 죽고 이제는 도리어 어금니를 버리고 발톱을 춤추며 우리를 맡았던 사람에게로 향했다. 부인이 전에는 인민의 세력으로 의회를 일으키고자 하였더니 지금 의회의 권세를 잡은 자는 국민이다. 혁명에 취하는 약을 마시고 발광하는 국민이다. 부인이 이왕(已往)에 품었던 회포는 처음에는 무너뜨리고, 다음에는 세우는 것이다. 한번 전제정치를 거꾸러뜨리고 다음에는

---

160) 중국어본에는 '一波未平, 一波又起'로 표현되었는데 문제나 일이 꼬리를 물고 일어나다. 또는 일이 숨 돌릴 새 없이 일어남을 이르는 말이다.
161) 이리: 원문은 '일희'로 표기되었다. 현대 국어 '이리'의 옛말인 '일히'는 15세기 문헌에서부터 나타났다. 18~19세기에는 '일희' 형태도 등장하였다. =늑대, 승냥이
162) 방장(方壯): 바야흐로 한창임을 이르는 말이다.
163) 중국어본은 '而在下大敵, 羽翼正成'로 표현되었다. 여기에서 '羽翼正成'은 '羽翼已成'의 변용으로 보인다. 한고조(漢高祖) 유방(劉邦)의 태자 유영(劉盈)의 일화에서 유래된 '우익이성(羽翼已成)'은 '새의 깃과 날개가 이미 자라다'는 말로 보좌하는 사람이 있어 어떤 자리를 차지할 만한 지지기반을 갖춘 것을 의미한다.
164) 날래다: 사람이나 동물의 움직임이 나는 듯이 빠르다.

질서가 있는 새 천지를 열고자 하였으나, 솜씨가 높고 발길이 빠른 저 혁명의 거벽(巨擘)[165]들이 한번 나아가고 또 한 번 나아가고 또 한 번 나아가 차차 그 속력을 더하고 더욱 고함을 지르며 달려들어 참되고 공정한 공화주의의 발 붙일 땅을 짓이겨[166] 밟았다. 한 달이 안돼 롤랑 부인과 지롱드당의 모든 명사가 부득불 파리의 모든 백성에게 점점 원수가 되었다. 이때를 당하여 중민(衆民)을 압제(壓制)할 세력을 가진 사람은 오직 한 사람이 있으니 이는 당통이다. 당통은 산악당의 영수요, 행정의회 임원이자 롤랑의 동료이니 민간에서는 물망이 가장 높고 그 자격이 정히[167] 이런 어려운 판국을 당할 만하다. 그러나 롤랑 부인은 그 사람을 좋아하지 않았다. [당통이] 너무 급히 격동하여[168] 오늘날에 쓰임이 적당하지 않다고 생각하여 반드시 이 동맹을 거절한 연후에야 지롱드당의 형세가 가히 편안하고 온전해질 것이라 했다. 부인은 순진(純眞)한 이치의 사상가이나, 실제로 쓰는 것에는 암약(闇弱)[169]한 고로 이렇게 고집했으니 이 또한 족(足)히 괴이하게 여길 것이 없다. 당통이 처음에는 열심히 이 동맹을 성취하게 하고 날마다 부인의 응접실에 나아가며 동관(同官)이 회집 할 때마다 항상 시간 전에 도착했다. 그러나 8월 그믐에 이르러는 동맹이 반드시 성취되지 못할 것을 알고 드디어

---

165) 거벽(巨擘): 학식이나 어떤 전문적인 분야에서 뛰어난 사람.
166) 짓이기다: 함부로 마구 짓찧어 다지다.
167) 정(正)히: 진정으로 꼭.
168) 급히 격동하다[急激]: =급진적이다.
169) 암약(闇弱): 어리석고 겁이 많으며 줏대가 없다.

서로 끊고 다시 오지 않았다. 이에 폭동을 하는 백성들에게 원수가 된 롤랑 부인의 당파가 부득불 난민(亂民)[170]의 동류인 산악당과도 원수가 되었다.

1792년 9월 초. 프랑스 역사상에 피로써 이름을 얻은 산악당은 무정부당(無政府黨) 류(類)에게 희생된 파리 감옥에 갇힌 왕당파의 죄수들을 살육하였다. 이때서야 롤랑 부인이 비로소 산악당에게 속은 줄을 알았다. 이달 5일에 벗에게 보낸 편지에서 이렇게 말했다.

"우리들이 지금은 이미 로베스피에르와 마라 등의 칼 아래 있도다."

부인이 9일에 다시 편지를 보냈다.

"내 친구 당통은 혁명의 공적이다. 그가 로베스피에르를 어리광대로 삼고 마라를 우익(羽翼)으로 삼고 짧은 칼을 쥐고 약심지[171]를 가지고 국민에게 찌르며 폭발하니 슬프도다! 첩이 혁명에 열심히 하는 것은 공도 아는 바요. 그러나 첩은 도리어 부끄럽게 여기노라. 혁명의 큰 의리(大義)를 무도한 놈들에게 더럽힌 바가 되었으니 혁명을 실로 싫어할 만 하도다. 수십 년의

---

170) 난민(亂民): 무리를 지어 다니며 법과 질서를 어지럽히는 백성을 이른다.
171) 심(心)지: 남포, 등잔 등 초 따위에 불을 붙이기 위하여 꼬아서 꽂은 실오라기나 헝겊을 이른다. 원문의 약심지는 '도화선(導火線)'과 같은 의미로 쓰인다.

노력이 오늘날 내 나라로 하여 이 지경에 결단(決斷)나게 되기 나는 실로 부끄럽게 여기노라."

가련하다! 뜻이 높고 행실이 조촐하며 세상일에 오활(迂闊)한[172] 지롱드당이 드디어 산악당에게 몰린 바가 되었다. 이로부터 파리의 폭도들과 산악당이 백 장(丈)이나 높은 파도와 같은 형세로 저 공화국의 성(城)벽을 급히 치니 그 성 위에 서 있는 롤랑 부인과 지롱드당이 드디어 거친 파도와 모진 풍랑에 쓸려 없어지지 않을 수 없었다.

시세(時勢)는 비록 매일 잘못되어 가나 뜻과 기운은 조금도 줄지 않았다. 롤랑 부인은 더욱 힘을 다하여 그 휘하(麾下)의 모든 호걸을 고동(鼓動)시키며 항상 말했다.

"우리가 오늘날에는 능히 스스로 구원할 수도 없게 되었으나 목숨이 오히려 살아 있으니 우리가 우리나라를 구원하지 않을 수 없도다."

그때의 의원(議院)에는 브리소 등이 있고 정부에는 롤랑 등이 있어 질서를 회복하고 공화를 확립하고 요란(擾亂)을 제어하는 것을 주장했으나 대세는 이미 잘못되어 다시 만회(挽回)할 수 없었다. 롤랑 부인의 이름을 의원에서 침 뱉으며 욕했고, 마라 등이 주필(主筆)하는 신문에서도 능욕했으며 자주 거짓말로 어림잡아[173] 롤랑

172) 오활(迂闊)하다: 사리에 어둡고 세상 물정을 잘 모르다.
173) 어림잡다: 대강 짐작으로 헤아려 보다.

부부를 모함했다. 늘 자객(刺客)이 그 부부의 거처에 출입하였다. 1793년 1월 21일에 이르러는 산악당이 드디어 승세(乘勢)[174]하여 루이 16세의 머리를 단두대(斷頭臺) 위에서 자르니 지롱드당이 비록 분격하여 맹렬하게 크게 반대하였으나 마침내 구원하지 못했다. 그 이튿날 롤랑이 드디어 사직(辭職)했다.

루이 16세의 죽음은 지롱드당의 함몰(陷沒)할 시초(始初)이다. 저 산악당은 이미 파리의 시민 속에 세력을 오래 저축하였다. 또 저 왕을 죽이고 다음에는 지롱드당을 없애 전제를 요란하게 하는 뜻을 세워 추진하려 했다. 5월 그믐날[175] 밤에 포교(捕校)[176]가 롤랑의 집에 보내졌다. 롤랑은 기미를 알고 도탈(逃脫)하고 부인은 잡혀 온유(溫柔)한 말로써 사랑하는 딸과 비복(婢僕) 등을 위로한 후에 아페에 감옥[177]에 갇혔다.

부인이 옥 중에 있어도 조금도 두려워함도 없고 속상함도 없고 데모스테네스[178]의 연설집[179]과 플루타르크의 『영웅전』과 데이비드

---

174) 승세(乘勢): 유리한 형세나 기회를 타다.

175) 5월 그믐날: 1793년 5월 31일~6월 2일. 국민위병이 국민공회를 포위하여 지롱드파 의원 29명 체포했다.

176) 포교(捕校): 조선시대에 포도청에 속하여 범죄자를 잡아들이거나 다스리는 일을 맡아보던 벼슬아치이다. 포도 종사관의 아래다.=경찰

177) 아페에 감옥(Abbaye Prison): 아페에 감옥은 아페에 감옥은 생 제르맹 데스 프레스 수도원의 일부분을 개조하여 만든 감옥으로, 일명 생 제르맹 데스 프레스 수도원의 교도소(Prison de l'Abbaye de Saint-Germain-des-Prés)라 불리운다.

178) 데모스테네스(德謨遜/德摩斯梯尼, Demosthenes, B.C.384~B.C.322): 고대 그리스 아테네의 웅변가이자 정치가이다. 그의 연설 능력은 당시 분열된 아테네 민중들을 하나로 휘어잡았을 정도로 호소력이 있어 후대에 그리스 최고의 연설가로 존경받았다.

흄[180)의 『영국 사기』[181)와 새뮤얼 존슨[182)의 자전(字典)[183) 등을 가져다가 좌우에 놓고 매일 글 읽으며 글짓기를 조금도 쉬지 않았다, 때로는 파리에 소요(騷擾)한[184) 소리를 가만히 들으며 매양 새벽 종소리가 처음 날 때에 일어나 그날 신문을 보고 나라 일이 날마다 잘못되어 가며 지롱드파의 명맥(命脈)이 조석(朝夕)에 급박함을 보고 허희(歔欷)[185) 탄식(歎息)하며 강개(慷慨)하여 눈물을 줄줄 흘렸다. 이때 부인이 스스로 마음을 즐겁게 하는 것은 오직 서적과 화초뿐이오. 부인이 옥중에서 악의악식(惡衣惡食)하며[186) 있는 돈은 다 흩어 가난한 죄수를 주었다. 다만 꽃과 책은 평생에 즐겨 좋아해 생명같이 사랑했다. 부인이 어렸을 때 매번 글을 읽어 재미가 들 즈음에는 어떤 사람이든지 못본 체하고 무슨 일이든지 못 들은 체하였다. 오직 그 글 읽는 눈으로써 안채(眼彩)를 굴려 꽃만 보더니 이 두 가지 즐기던 일은 죽기까지 그치지 않았다.

179) 연설집: 원문은 영사시로 표현되었다. 데모스테네스의 연설문을 모아둔 연설집을 일컫는다.

180) 데이비드 흄(David Hume, 1711~1776). 원문의 '겸모'는 중국어본의 '謙謨'의 한자음역이다.

181) 데이비드 흄의 『The History of England』(『영국사』)

182) 새뮤얼 존슨(Samuel Johnson, 1709~1784). 국문본의 '서리돈'은 중국어본 '西里頓'의 한자음역이다.

183) 새뮤얼 존슨이 1755년 영국에서 처음으로 만든 근대적인 영어사전을 지칭한다.

184) 소요(騷擾)하다: 여럿이 떠들썩하게 들고 일어나다. 또는 술렁거리고 소란스럽다.

185) 허희(歔欷)하다: 한숨을 짓다.

186) 악의악식(惡衣惡食)하다: 너절하고 조잡한 옷을 입고 맛없는 음식을 먹다.

옥에 있은 지 24일 만에 홀연히 방석(放釋)하라는 영장이 내려졌다. 부인이 조용히 죄수들을 작별하고 차를 몰아 집으로 돌아왔더니 앉은 자리가 오히려 데워지지 못하여 홀연히 다시 두 경찰관이 뒤를 따라 올 줄을 어찌 뜻하였으리오? 공문을 내보이니 다시 잡으라는 명령이었다. 이에 다시 생트 펠라지 감옥[187]에 들어갔다.

무릇 천명을 알고 스스로 독실히 믿는 자는 온 천하에 가히 거처하지 못할 곳이 없고 온 천하에 가히 하지 못할 때가 없다. 롤랑 부인이 이 옥에 있은 지 4개월이 지났어도 오히려 때때로 옥에 있는 동지자를 독려하며 기운을 조금도 잃지 않았다. 브리소에게 글을 부쳐 말하였다.

"내 벗이여! 그대는 그 바라던 것을 잃지 말라. 저 브루투스[188]가 필리피의 들[189]에서 드디어 낙심하여 '능히 로마를 구원하지 못했노라.'고 탄식한 것을 첩은 받아들이지 않노라."

부인이 옥중에서 더욱 책과 꽃으로써 소일(消日)하고[190] 또 영어

---

187) 생트 펠라지 감옥(Prison Sanit-Pelagie).
188) 브루투스(Brutus, 布爾達士, B.C.85~B.C.42): 마르쿠스 유니우스 브루투스(Marcus Junius Brutus) 또는 퀸투스 세르빌리우스 카이피오 브루투스(Quintus Servilius Caepio Brutus)는 로마 공화정 말기의 정치인이다. 율리우스 카이사르(Gaius Iulius Caesar, B.C.100~B.C.44)의 암살자 중 중요한 역할을 맡은 사람으로 알려져 있다.
189) 필리피의 들: 기원전 42년, 로마 공화파와 옥타비아누스 군단의 결전지이다. 셰익스피어 『줄리어스 시저』 5막의 내용이 필리피의 전투를 바탕으로 한 것이다.
190) 소일(消日)하다: 어떤 일에 마음을 붙여 세월을 보내다.

도 배우고 그림도 배웠다. 때로 혹 옥리(獄吏)의 아내를 좇아 하프시코드[191]를 연주했다. 한번 연주할 때마다 세 번씩 탄식하니 듣는 사람들이 눈물을 흘렸다. 1793년 가을, 혁명의 미친 물결이 혼천동지(昏天動地)[192]하니 목 베는 틀은 사람의 피를 싫어하고 센강[193]은 사람의 고기에 막혔다. [피] 비린 바람은 솔솔 불고 슬픈 비는 술술 오는 시절이다. 나라에 몸을 허락한 이 열녀가 생트 펠라지옥 중에 있어 날이 길기는 일 년 같은데 신세의 편안하며 위태한 것은 치지도외(置之度外)한 지 오래되었다. 일신(一身)의 지난 일을 고요히 생각하며 앞으로 온 나라에 있을 일을 묵사(默思)하며 헤아리다가 끝내 종이를 펴고 붓을 들어 「자서전」, 「혁명기사」, 「인물일화」[194] 등 세 가지 내용을 담은 회고록을 저술하였다. 그때 영국의 윌리엄[195]이라는 여인이 부인을 옥중에서 찾아보고 돌아가 그 일을 기

---

191) 하프시코드(Harpsichord): 원문은 거문고로 되었으나 중국어본의 假鳴琴에 따라 18세기 유럽의 건반 악기인 하프시코드로 바꿔 번역했다.

192) 혼천동지(昏天動地): 천지가 뒤흔들리게 기세를 크게 떨침을 이르는 말이다.

193) 센강(Seine): 파리 시내 흐르는 강이다. 1793년 9월 학살 시 시신이 이 강에 버려졌다. 국문본의 '포룽 하수'는 중국어본의 '布楞河'의 한자음역이다.

194) 자서전, 혁명기사, 인물일화: 롤랑 부인이 옥중에 있는 5개월 동안 쓴 회고록을 일컫는다. 「공정한 후세대에게 보내는 호소(Appel a limpartiale posterite)」라는 제목의 회고록은 세 부분으로 구성되어 있다. 메무아레스 역사학(역사적 기억)은 1791~1793년 그녀의 정치적 행위를 변호하는 내용이다. 메무아리는 미립자(개인적인 기억)를 통해 자신의 어린 시절과 양육에 대해 묘사했다. 메스 데니에르 펜세(나의 마지막 생각)은 1793년 10월 초 단식투쟁으로 생을 마감하기로 결심했을 때 쓴 에필로그이다.

195) 윌리엄(Helen Maria Williams, 1759~1827). 국문본의 '유렴'은 중국어본의 '維廉'의 한자음역이다.

록하였다.

　　"롤랑 부인이 생트 펠라지 옥중에 있어서 일신이 당한 일은
조금도 원망하지 않고 협착한 칸 속에 있어도 상쾌한 담론하기
를 대신 관저에 있을 때와 한결같이 했다. 책상 위에 여러 권
책이 있으니 내가 찾아 들어갈 때 마침 플루타르크의 『영웅전』
을 읽었다. 그 목소리는 금석(金石)에서 나는 듯한지라. 내가
바야흐로 위로하고자 하려던 차에 부인이 천리(天理)를 즐거워
하며 천명(天命)을 알아[196] 쇄락하여 스스로 안심하는 뜻으로
내게 말하였다. 맨 나중에는 내가 그 13세 된 사랑하는 딸의 소
식을 물은즉 부인이 홀연히 눈물을 머금고 거의 목이 메 능히
말을 하지 못하니 슬프도다! 그 굉장하고 맹렬한 위엄과 이름이
온 세상에 진동하는 롤랑 부인이 이렇듯이 다정하고 인애(仁愛)
한 줄 누가 알았으리오?"

　　10월 31일은 지롱드파의 이름난 명사 22인이 나라를 위하여 죽
은 날이다.[197] 부인이 생트 펠라지 감옥에서 콩시에르주리 감옥[198]에
옮겨와 여러 번 문초(問招)[199]를 당했다. 마지막 공판(公判)하는 전

<hr>

196) 천리(天理)를 즐거워하며 천명(天命)을 알다: '樂天知命(낙천지명)'을 풀어쓴
구절로, '낙천지명'은 『주역(周易)』 「계사전(繫辭傳)」의 '樂天知命故不憂'에서 나
온 구절이다. 운명을 받아들이는 유교적 태도를 의미한다.
197) 10월 31일에 지롱드당의 당원 21명이 단두대에서 처형당했다.
198) 콩시에르주리(La Conciergerie): 파리 시테 섬의 중세 감옥이다.

날, 어떤 변호사가 부인을 위하여 변호하여 주고자 하여 옥중에 찾아 왔지만 부인이 자기 팔자를 이미 작정했다며 권했다.

"무익한 변호를 하여 한갓 그 몸을 위태롭게 하지 말라."

그리고 반지를 벗어주며 사례하였다.

그 이튿날은 마지막 공판을 하는 날이다. 부인이 눈같이 흰옷을 입고 법정에 나아가는데 그 반만큼 흩어진 머리와 물결 같은 어깨와 푸르스름한 두 눈[200]이 [흰] 눈 같은 옷으로 서로 엄영(掩映)[201]하였다. 한번 보면 사뭇 한 스무 살 남짓[202]이나 된 절대가인 같았다. 법관이 여러 가지 거짓 증거로 부인을 모함하고자 하였다. 부인이 이때 대답한 언변은 실로 프랑스 혁명사 가운데 가장 슬프고 가장 웅장한 연설이 되었다. 그 대지(大地)가 지롱드파의 거동으로써 하늘을 우러러보며 땅을 굽어보아도 부끄러운 것이 없게 했다. 부인이 마지막에 좋은 말을 남겼다.

"무릇 진실하고 공정한 대인은 항상 사정(私情)과 사욕(私慾)을 버리고 몸을 동포(同胞)에게 바치고 그 보응(報應)은 천 년 이후에 받나니 내 이제 여러분이 선고하기만 기다리고 후회

199) 문초(問招): 죄나 잘못을 따져 묻거나 심문하다. =심문(審問)
200) 중국어본은 '兩眼'이라 되어 있어, 국문본의 '두운'은 '두눈'의 오기이다.
201) 엄영(掩映)하다: 두 사물이 서로 가리면서 어울려 돋보이다. 중국어본은 '掩映'이라 되어 있어, 국문본의 '은영'은 '엄영'의 오식이다.
202) 중국어본은 '二十許'로 되어 있는데 중국어의 '許'는 추정 또는 약수를 나타내는 접미사로, 한국어로는 "~쯤", "~정도", "~남짓" 등으로 해석이 가능하다. 따라서 국문본의 '스무-남은'은 '스무-남짓'으로 번역했다.

할 바 없노라. 그러나 대인군자(大人君子)[203]가 목 베는 대 위에 몸 바치는 날이 곧 대인군자가 승전하고 돌아오는 날이라. 오늘날 이렇게 더럽고 흐리고 혼잡하고 어지럽게 사람의 피로써 술과 장(漿)을 삼는 이런 세상을 내가 버리고 떠나기를 심히 즐거워하고 연연(戀戀)함[204]이 없거니와 내 오직 내 나라 백성이 속히 진실하고 공정한 자유를 얻기만 축수(祝壽)하노라. 하나님이여! 하나님이여! 내려다보시고 도우사 이 백성들을 구원하옵소서!"

저 불법을 저지르는 법관들이 열성이 지극히 간절한 이 말을 듣고 다 혀를 물고 대답할 바를 몰라 했다. 미리 짜놓은 은밀한 모계(謀計)인 '공화정체(政體)에 이롭지 못하다'는 이유로 마침내 사형에 선고하자 부인이 엄숙히 일어나 말했다.

"여러분이여! 내가 예로부터 나라를 위하여 피를 흘린 큰 인물들과 같은 금새[205]가 되는 줄로 즐겨 알아주라느냐? 내 여러분에게 깊이 사례하노라. 나는 오직 저 큰 인물들이 조용히 옳은 일에 나아가 죽은 태도를 배워 역사상에 부끄러움이 없기를 원하노라."

이 날에 옥중으로 돌아가 수많은 생각을 다 거두어 치우고 두어 장 글을 지어 친한 친구에게 부치고 또 사랑하는 딸에게 쓴 편지에

---

203) 대인군자(大人君子): 말과 행실이 바르고 점잖으며 덕이 높은 사람을 이르는 말이다.
204) 연연(戀戀)하다: 집착하여 미련을 가지다.
205) 금새: 물건의 값. 또는 물건값의 비싸고 싼 정도를 이르는 말이다.

유언[206]을 남겼다.

"너는 마땅히 부모에게 욕되지 아니할 것을 생각하라. 너의 양친이 네 몸에 모범을 끼쳤으니 네가 만일 이 모범을 배워 그대로 행할진대 또한 가히 천지간에 헛되이 난 것이 되지 않을 것이다."

이튿날은 1793년 11월 9일이다.[207] 롤랑 부인이 함거(檻車)[208]를 타고 단두대로 향했다. 그때 부인의 마음속에 덧없는 세상[209]의 생각은 다 끊어지고 청정하고 쇄락하여 어떻다라고 할 길이 없는 한 가지 이상하고 감격스러운 사상이 조수(潮水)같이 솟았다. 부인이 [이를] 기록하고자 하여 종이와 필을 구하니 관속(官屬)[210]들이 허락하지 않았다. 후세의 군자(君子)들이 듣고 한탄했다.

서양 법례에 무릇 남녀가 동시에 사형에 처하게 되면 여성을 먼저 처형하고 남성을 후에 처형했다. 이는 먼저 죽는 자의 참혹한 형상을 보고 무서워 떨지 않게 하기 위함이다. 부인과 함께 한 수레에 타고 오던 어떤 남자가 떨며 낯빛이 없어지니 부인이 불쌍히

---

206) 유언: 원문은 '끄트머리 말'로 표현하였다. 즉 마지막 말을 이르는데 이를 유언으로 바꿔 번역했다.
207) 역사상 롤랑 부인이 단두대에 처형당한 날짜는 11월 8일이다.
208) 함거(檻車): 예전에 죄인을 실어 나르던 수레를 지칭하는 용어이다.
209) 덧없는 세상: 원문은 뜬 세상으로 표현되었다. 즉 헛되고 덧없는 세상을 의미하기에 바꿔 번역했다.
210) 관속(官屬): 지방 관아의 아전과 하인을 통틀어 이르던 말이다.

여겨 말하였다.

"청컨대 그대가 먼저 나아가 죽어 내가 피 흘리는 형상을 보고 마음을 괴롭게 하지 말라."

이에 휘자수[211]에게 빌어 한 번 그 차서(次序)를 바꿔 달라 하였으니 슬프다! 사람을 사랑하고 의기 있고 협기 있는 마음이 죽도록 변치 않는 것이 이렇듯 하니 비록 이런 조그마한 일이라도 또한 그의 평생 일을 가히 대강(大綱)[212] 짐작할 수 있다.

칼 아래서 바람이 일어나며 피가 뿌려져 곧이어 머리 한 개가 떨어졌다. 부인이 그다음에 [단두]대에 올라가서 얼핏 보니 그 대 위에 거대한 우상(偶像)이 있었다. '자유의 신'이었다. 부인이 앞으로 나아가 한번 절하고 말하였다.

"오호라! 자유여! 자유여! 천하고금에 그대의 이름을 빌려 행한 죄악이 얼마나 많은가?"

번개 같은 칼을 한번 휘둘러 부인의 41년[213]의 장쾌(壯快)하고[214] 의리 있는 생명을 끊어 버렸다. 이에 롤랑 부인은 영원히 역사상의 사람이 되었다. 부인이 나라를 위하여 순절(殉節)[215]한 후에 그 부리는 여종 하나와 남종 하나가 스스로 법정에 들어가 부인을 좇아

---

211) '회자수'의 변한 말. 군영(軍營)에서 사형을 집행하던 사람.

212) 대강(大綱): 자세하지 않은, 기본적인 부분만 들어 보이는 정도로의 의미를 지닌다. =대략, 대충

213) 41년: 역사상 롤랑 부인은 39세에 생을 마감했다.

214) 장쾌(壯快)하다: 가슴이 벅차도록 장하고 통쾌하다.

215) 순절(殉節)하다: 충절(忠節)이나 정절(貞節)을 지키기 위하여 죽다.

죽기를 청하였고 또 지롱드파의 명사 브리소는 혼절하여 불성인사(不省人事)[216]한 지 10여 일이 되었다. 또 부인이 순절한지 수일 후에 파리로부터 루앙[217]에 가는 큰길 옆에서 검으로 가슴을 꿰뚫고 죽은 자는 곧 (남편) 롤랑이다.

신사씨(新史氏)[218]가 말하였다.

"내가 『롤랑부인전』을 집필하며 어떻다고 할 수 없는 백만 천만이나 되는 감격스러운 사상이 내 뇌수(腦髓)를 찌르고 격동하여 나로 하여금 홀연히 노래 부르고 춤추기도 하며, 원망하고 분노하며 두려워하고 슬프게 함을 깨닫게 했다. 대개 프랑스 대혁명은 실로 근세 유럽의 제일 큰일이다. 어찌 근세뿐이리오? 고왕금래(古往今來)[219]에 없던 일이다. 어찌 유럽뿐이리오? 천하만국에 없던 일이다. 수천 년 동안 전제[220]하던 판국을 없애고 백 년 이래 자유의 정치를 시작하여 그 여파가 80여 년에 뻗었고 그 영향이 수십여 국에 미쳤으니 백 년 후의 역사가들이 이로써 인류의 새 기원이

---

216) 불성인사(不省人事): 정신을 잃거나 혼미(昏迷)하여 사람을 알아보지 못하다.
217) 루앙(魯昻, Rouen): 프랑스 북서부의 도시로, 롤랑이 은신했던 노르망디 지역을 일컫는다.
218) 량치차오의 평론 부분이다. 신사씨(新史氏)는 '새로운 역사를 쓰는 이'를 의미하는데, 19세기 말~20세기 초 중국이 서구 문명과 충돌하며 전통 사관을 재해석하던 시기의 지식인층이라 일컫는 량치차오 자신이다.
219) 고왕금래(古往今來): 옛날과 지금을 통틀어.
220) 전제(專制): '전체 정치'의 준말이다. ≠민주(民主)

되는 한 기념물로 영영 삼게 되었다. 어찌 이렇듯 거룩한가! 이것을 발기(發起)한 자는 한 구구(區區)한[221] 섬섬약질의 여자이다. 그 롤랑 부인이 무슨 신기한 힘이 있어서 능히 온당파의 지롱드파를 총찰(總察)하며[222] 프랑스 전국을 총찰하며 또 유럽 인심을 백 년 동안 총찰하였는지 나는 조금도 알 수 없도다!

오호라! 영웅이 시대[223]를 만드는가? 시대가 영웅을 만드는가? 나는 반드시 시대를 만드는 영웅을 능히 만들어 내는 시대가 있은 후에야 영웅이 이에 일을 할 수가 있다고 생각한다. 그렇지 아니하면 로랑 부인이 저렇듯이 다정하고 저렇듯이 조신한 절대가인으로서 루이 16세가 처음 즉위했을 때에도 은근히 다스리기를 바라며 정부의 정책을 애써 언론하던 이가 가장 참혹하고 가장 위태한 땅에 투신하고도 후회함이 없었으리오? 그러나 롤랑 부인이 마침내 이 일로써 죽었으니 대저 몸으로써 나라에 허락하였다가 나라 일에 죽은 것은 부인의 뜻이다. 왕의 당파에게도 죽지 않고 귀족 당파에게도 죽지 않고 평민당파에게 혁명이 실패하였을 때가 아닌 혁명이 잘된 후에 죽은 것은 부인의 뜻이 아니다. 부인이 능히 시대를 만들어 냈거늘 어찌 능히 동하게는 만들면서 능히 안정하게는 만들지 못하고 또 능히 요란하게는 만들면서 능히 평화하게는 만들지 못하였는가? 이것은 백성이 잘못함으로 말미암아 그러함이니 부인을

---

221) 구구(區區)하다: 작다. 사소하다. 보잘 것 없다.
222) 총찰(總察)하다: 모든 일을 총괄하여 살피다.
223) 시대(時代): 원문은 '때'로 표현하였다.

허물할 것은 아니다.

그윽이 의론컨대, 1789년의 프랑스 혁명은 1660년의 영국 혁명[224]과 더불어 그 일이 서로 똑같다. 그 화근[225]이 그 전 왕의 전제하던 시대부터 된 것도 서로 같다. 그 격렬한 변(變)이 지금 왕의 거짓 개혁으로 말미암아 된 것도 서로 같다. 그 발동하는 힘이 왕과 의회가 다투는 데서 일어난 것도 서로 같다. 그 왕이 도망하다가 잡히고 또 잡혀 죽은 것도 서로 같다. 혁명된 후에 고쳐 공화정치가 된 것도 서로 같다. 공화정치가 곧 되었다가 곧 폐한 것도 서로 같다. 그러나 오직 그 국민의 행복한 결과인즉 양국이 현저히[226] 다르다. 영국은 혁명한 후에 헌법 정치가 확실히 서고 인민의 실업이 빨리 진취되고 나라의 위엄이 크게 진동하였다. 프랑스는 혁명한 후에 더욱 두려운 시대[227]가 되어 피 흔적이 장구히[228] 그 나라 사기[229]를 물들여 백년 후에 듣는 자도 오히려 다리가 떨리며 코가 시큰하게 한다. 어찌

---

224) 영국 혁명: 명예혁명(名譽革命, Glorious Revolution)은 1688년 영국에서 일어난 혁명이다. 의회와 네덜란드의 오라네 공 빌럼이 연합하여 제임스 2세를 퇴위시키고 잉글랜드의 윌리엄 3세로 즉위하였다. 이때 일어난 혁명을 '피 한 방울 흘리지 않고 명예롭게 이루어졌다'라고 해서 명예혁명이라 이름하였다.

225) 화근(禍根): 재앙의 근원을 이르는 말이다.

226) 현저(顯著)하다: 분명하다. 뚜렷하다.

227) 두려운 시대: 일명 '공포 정치(恐怖政治, la Terreur/Reign of Terror, 1793년 6월 2일~1794년 7월 27일)시대이다. 공포정치는 대중에게 공포감을 조성하여 정권을 유지하는 정치형태로, 프랑스 혁명기 로베스피에르를 중심으로 하는 자코뱅 클럽을 주도한 산악파가 투옥, 고문, 처형 등 폭력적인 수단을 실시한 정치형태를 말한다. 훗날 이 말은 '테러리즘'의 어원이 되었다.

228) 장구(長久)하다: 오랫동안.

229) 사기(史記): '나라 사기' 즉 국사(國史), 한나라의 역사를 일컫는 말이다.

하여 이러한가? 영국 사람은 능히 스스로 다스리되 프랑스 사람은
능히 하지 못함이다. 능히 스스로 다스리는 백성은 평화[시대]에도
잘하고 난리[시대]에도 또한 잘하니 평화 시대에는 점점 나아가고
난리 시대에는 빨리 나아간다. 능히 스스로 다스리지 못하는 백성은
진실로 가히 평화[시대]도 누릴 수 없고 또한 가히 난리[시대]도
의론할 수 없으니 평화 시대에는 그 백성의 기운이 나태하여[230] 나라
가 쇠잔하고 난리 시대에는 그 백성의 기운이 효요하여[231] 나라가
위태한지라. 공자께서 말씀하시길 "정사를 하는 것이 사람에게 있
다."[232]하시니 어찌 그렇지 않으리오? 그러므로 공덕도 없고 실력도
없는 백성들이 서로 거느리고 난리에 나서면 칼을 가지고 그 나라
명맥을 베어낼 뿐, [그것과] 다름없다. 그런즉 서로 거느리고 귀순
하며 복종하여 평화를 구함이 가(可)한가? 이것인들 또 어찌 가능하
리오? 세계 정치의 진보됨이 이미 두 번째 층[233]까지 이르렀으니

230) 나태(懶怠)하다: 원문에는 '나타(懶惰)'로 표현되었다. '게으르고 느리다'는 뜻
이다.
231) 효요(囂擾)하다: '시끄럽게 어지럽히다' 또는 '소란을 피우며 혼란을 일으키다'
의 의미이다. '囂(효)'는 '떠들썩하다' '소란스럽다'의 뜻으로 예를 들어 '囂張/흥청대
다'로 활용된다. '擾(요)'는 '어지럽히다', '교란하다'의 뜻을 지닌다. 원문에는 '소요
하다'로 표기되었지만 중국어 원문에는 '平和時代, 則其民气惰而國以敝, 破坏時
代, 則其民气囂而國以危'로 되어 있는 것으로 미루어 보아, 국문본의 '소요'의 '소'
는 '효(囂)'의 오식이다.
232) 정사를 하는 것이 사람에게 있다: '爲政在人' 즉 정치는 사람에 달려 있다는
뜻으로 좋은 정치를 하기 위해서는 인재를 얻는 것이 중요하다는 말이다. 『예기(禮
記)』「중용(中庸)」 애공문정(哀公問政)조에 나오는 말로, 노(魯)나라 애공(哀公)이
정치에 대해 묻자 공자가 "爲政在人, 取人以身, 修身以道, 修道以仁"라고 한 구절
에 나온다.
233) 두 번째 층: 제2계급을 일컫는 말이다.

그 영향을 진실로 피하려고 해도 피할 수 없으니 어찌 한두 사람의 힘으로 능히 막으리오? 사기[234]가 이미 급박하여 가히 바랄 것이 없어 평화하더라도 결단이 날 터이고 난리가 되더라도 결단이 날 터이니 이것은 제갈공명이 "앉아서 망함을 기다릴 바에야 쳐보느니만 못하다."[235][를 말한 까닭]이다. 그렇지 않다면 프랑스 대혁명의 참혹함은 비록 백 년 이후 오늘날에 우리 동방 나라 백성들이 들어도 또한 마음이 떨리거든, 그 당시에 유럽 열국이 어찌 알지 못해서 온 유럽에서 분주히 그 뒤를 밟아 지금 19세기의 하반기에 이르기까지 그 바람이 오히려 그치지 않았겠는가.

대개 백성의 지혜가 한번 열리면 고유한 권리와 고유한 의무를 얻지 못하고 다하지 못하고서는 능히 편안하지 못할 줄을 사람마다 다 스스로 안다. 그때의 프랑스 왕과 프랑스 귀족들이 이 뜻을 알았더라면 프랑스가 어찌 이런 참혹한 지경에 이르렀겠는가. 또 그 후에 유럽 각국의 왕과 귀족들이 이 뜻을 알지 못하였으니, 만약 백성들이 또한 서로 귀순하고 복종하여 평화하기만 구하였더라면 유럽 각국 또한 지금까지 캄캄한 시대가 되었을 따름이다. 앞 수레가 이미 부러졌으니[236] 뒷 수레가 그냥 나아가니 유럽 중원(中原)의 모든 왕과 귀족이 찰스 1세[237]와 루이 16세의 일을 알지 못하는바

---

234) 사기(事機): 일이 되어 가는 중요한 기틀 혹은 기회를 이르는 말이다.
235) 앉아서 망함을 기다릴 바에야 쳐보느니만 못하다.: '坐以待亡, 不如伐之'. 제갈량의 「後出師表(후출사표)」에 나오는 구절이다.
236) 부러지다: 중국어 원문에 해당 문맥을 보면 '乃往車已折, 而來軫方遒', 즉 '절(折)'로 되어 있다. 국문본의 '사'는 '절(折)'의 오식이다. 따라서 중국어 원문에 따라 '부러지다'로 번역했다.

아니로되, 편벽되게[238] 그 뒤를 밟아 하루라도 그 위엄과 복을 희롱(戲弄)하고자 하니, 그 요란함이 70~80년에 뻗어 그치지 않았다.

슬프다! 『롤랑부인전』을 읽는 자여! 높은 지위에 있는 자[239] 중에 보수주의를 가진 자는 마땅히 백성이 바라는 것을 가히 잃지 말고 백성의 노함을 가히 범하지 말 것을 생각할지어다. 진실로 구구히 평안함을 얻으려 하며 우물쭈물 꾸며대며 자꾸 탐학(貪虐)하며 자주 압제하면 반드시 프랑스와 같이 하루 내에 귀족과 왕의 당파 천여 인이 형벌하여 목이 베인 시체가 들에 가득하고 참혹한 피가 개천을 막게 될 것이다. 그때가 오면 농부가 되고 싶어도 될 수 없을 텐데, 상채 땅의 누른 개가 되어[240] 탄식하듯, 화정 땅에 학 소리를 듣고[241] 놀란 것처럼 마음에 두려움 없이 지낼 수 있을까? 스스로 이런 근인(根因)을 만들고 스스로 이런 결과를 취하고서야 어찌 사람의 힘으로 능히 피할 것이리오? 낮은 지위에 있는 자[242] 중에 진취주의를

---

237) 찰스 1세(Charles I, 1600~1649): 잉글랜드의 국왕이자 스코틀랜드와 아일랜드의 국왕이다. 찰스 1세는 신앙심이 깊었지만 왕권신수 사상을 고수한 전제적인 통치 방식 때문에 의회와 마찰을 빚었고, 그와 의회 사이의 정치적 갈등은 심화되어 국가 분열의 내전 상황을 초래했다. 결국 찰스 1세는 1649년 단두대에서 처형당했다.

238) 편벽(偏僻): 마음이 한쪽으로 치우치다.

239) 높은 지위에 있는 자: 통치자(統治者)를 지칭한 표현이다.

240) 상채 땅의 누른 개 되다: 상채의 황견(上蔡黃犬)은 진나라 승상 이사(李斯, B.C. 284~B.C.208)가 처형되기 전 "다시는 고향 상채에서 황견과 함께 사냥할 수 없겠구나"라고 탄식한 고사를 말한다. 권력의 덫에 걸려 자유를 잃은 비극을 비유한다.

241) 화정 땅의 학의 소리를 듣다: '화정학려(華亭鶴唳)', 즉 서진의 육기(陸機, 261~303)가 고향 화정의 학 우는 소리를 다시 들을 수 없음을 탄식한 말로 육기가 죽음을 예견하고 이 말을 하였다고 한다.

242) 낮은 지위에 있는 자: 민중(民衆)을 지칭한 표현이다.

가진 자는 마땅히 백성의 기운은 이미 동(動)하여서는 안정케 하기 어려우며 백성의 심덕(心德)은 흩어지게 하기는 쉬워도 맺히게 하기는 어려움을 생각할지어다. 진실로 평일에 양성한 것은 없이 일조(一朝)에 시세가 급박하게 되어 갑자기 대번[243] 치기(稚氣)[244]로 그 몸을 나라에 던져버리면 반드시 프랑스의 그날과 같이 서로 살육하며 오늘의 동지가 내일에는 원수가 되어 사사로운 이익만 다투어 취하여 무정부의 상태로 변하게 될 것이다. 비록 뜻이 아름답고 행실이 조촐하여 나라를 근심하며 몸을 잊어버리는 한 두 선배(先輩)가 있을지라도 광패(狂悖)한 행동을 어찌 능히 만류(挽留)하리오? 슬프다! 난리를 면하기 어려움도 저렇듯 하고 난리를 두려워함도 이렇듯 하니 사람마다 난리를 두려워하지 아니하면 난리를 마침내 면할 수 없다. 어찌 그러한가? 위 사람이 난리를 두려워하지 않으면 백성을 어리석게 하여 백성을 압제(壓制)하기로만 스스로 능사(能事)를 삼아 난리의 기틀을 장만한다. 아래 사람이 난리를 두려워하지 않으면 난리를 담소(談笑)[245]함으로써 마음에 쾌하게 여겨 공덕을 멸시하며 실력을 양성하지 않아 난리의 기틀을 장만한다. 그런즉 난리를 면하고자 할진대 상하(上下)가 서로 두려워함을 버려야만 그 무슨 술법(術法)을 행할 것이다. 슬프다! 가시덤불 속 청동 낙타[246] (나라가 망할 것)을 생각하면 어찌 슬프지 아니하며 이천 땅에서

243) 대번: 서슴지 않고 단숨에. 또는 그 자리에서 당장.
244) 치기(稚氣): 어리고 유치한 기분이나 감정을 이르는 말.
245) 담소(談笑): 웃고 즐기면서 이야기하다. 원문의 '담로'는 '담소'의 오기로, 이를 바로잡아 번역하였다.

흩어진 머리칼[247](오랑캐 땅이 될 것)을 보면 누가 괴수(魁首)[248]가 되리오? 롤랑 부인이여! 롤랑 부인이여! 혼이 신령함[249]이 있거든 마땅히 내 말을 슬퍼할지로다.

번역한 자가 말하였다.

대저 롤랑 부인은 천하고금에 처음 난 여자 중 영웅이다. 그녀가 비록 여인이나 그 지개(志槪)와 그 사업이 남자에게서 지나니, 만세의 자유도 그녀로 말미암아 활동이 되었고 천하의 혁명도 그녀로 말미암아 발기(發起)가 되었으니, 홀로 프랑스에서만 자유의 선각자이며 혁명의 지도자가 될 뿐 아니라, 나라마다 스승이 될 것이고 사람마다 어미가 될 것이다. 그러니 우리 대한 동포도 진실로 능히 그 일동일정(一動一靜)과 일언일사(一言一事)를 다 본받아 그

---

246) 가시덤불 속 청동 낙타: 서진 멸망 후 낙양 궁전의 청동 낙타가 가시덤불에 파묻힌 모습을 형용한 사자성어인 동탁형극(銅駝荊棘)을 풀어쓴 말로, 왕조의 몰락과 문명의 쇠퇴를 의미한다. 원문에는 가시밭의 구리 약대라 하였는데, 여기에서 '구리'는 청동을 의미한다.

247) 이천에서 흩어진 머리카락: '이천견피발(伊川見被髮)'은 주나라 유민이 이천에서 흩어진 머리칼로 이민족 지배를 암시한 고사를 이른다. 『春秋左氏傳(춘추좌씨전)』 희공 22년(僖公 22年)에 주(周) 나라 대부인 신유(辛有)가 이천(伊川)을 지날 적에, 머리를 풀어 헤치고 들판에서 제사 지내는 광경을 목도하고는 '백 년이 채 못 가서 오랑캐의 땅이 될 것'이라고 하였는데, 그 뒤에 과연 진(晉) 나라와 진(秦) 나라가 육혼(陸渾)의 오랑캐 부족을 이천으로 옮겨 살게 했다고 전해진다.

248) 이 문맥에서의 괴수는 나쁜 짓을 하는 무리의 우두머리라는 의미로 쓰여, 각주 146번과는 다른 맥락에서 사용되었다.

249) 혼이 신령함: =영혼.

지개를 품고 그 사업을 행치 못하면 어찌 가히 애국하는 지사라 하며 어찌 가히 국민의 의무라 하리오. 사람이 세상에 처하여 진실로 능히 그 의무를 다한 연후에야 바야흐로 가히 사람이라 이를지니, 저 금수와 벌레를 볼지라도 각기 그 성품대로 의무를 행하거든 하물며 사람이 되고서야 금수와 벌레만도 못하리오. 그런즉 사람의 마땅히 행할 의무라 하는 것은 무엇인가? 말하자면 제 나라를 사랑함이라. 무릇 나라의 백성이 된 자 사나이나 여편네나 늙은이나 젊은이나 물론 하고 각기 스스로 제 몸을 사랑하며, 제 몸에 속한 일과 물건을 사랑하는 사랑으로써 제 몸이 붙어사는 제 나라나 나라에 속한 일과 물건을 사랑한다면, 나라가 가히 흥하고 강할 것은 설명하지 않아도 사람마다 스스로 아는 바이어니와, 만일 이렇지 않으면 가히 되지 못할 것이 분명하다.

제 몸에 속한 일은 남이 말릴지라도 성취하기를 열심히 바라면서, 어찌 제 몸이 붙어사는 제 나라의 일은 남이 권고하여도 흥복(興復)하기를 힘쓰지 않으리오? 나라가 흥하여야 제 몸도 스스로 영화롭고 나라가 망하고서는 제 몸도 따라 욕되니, 임군이 망하고 나라가 멸(滅)하는 데 이르러서는 그 몸이 또한 어찌 홀로 보존하리오? 그러하니 나라를 사랑하지 않는 자는 또한 제 몸도 사랑하지 않는 자라. 몸과 나라의 관계가 이러하니, 고로 가로되 나라를 장차 흥하게 함도 개인의 담임(擔任)이오, 나라를 장차 망하게 함도 개인의 책임이라 하는 것이 그렇지 아니한가?

무릇 이 『롤랑부인전』을 읽는 자여! 여자는 그 하나님이 품부(稟賦)하신 보통의 지혜와 동등한 의무를 능히 자유롭게 하지 못하여 집안에 갇혀있던 나약한 마음을 하루아침에 벽파(劈破)하고 나와 이 부인으로써 어미를 삼고, 남자는 그 인류의 고유한 활동성향과 자유의 권리를 능히 붙들지 못하여 남의 아래에 있기를 달게 여기는 비루한 성품을 한 칼로 베어 버리고 나아와 이 부인으로서 스승을 삼아, 이천만인이 합하여 한 마음 한 뜻 한 몸이 된 즉, 대한이 유럽 열강과 더불어 동등하게 되지 못할까 어찌 근심하리오.

내가 이 글을 읽으매 일천 번 감동하고 일만 번 깨닫는 것이 가슴 가운데서 왈칵 왈칵 일어나서 마음을 진정할 수 없으나, 오직 그 가장 관계되는 것을 두어 가지 들어 한 번 말하노니, 대개 프랑스는 그 때에 한국처럼 부패하고 위급하지 아니하였어도 오히려 큰 일을 하루아침에 일으켰고, 부인은 프랑스에서 한낱 시정(市井)의 여인에 불과하되 오히려 큰 사업을 천추(千秋)에 세웠으니, 하물며 이때 이 나라의 선비와 여인들이랴!

근세 제일 여중 영웅 라란부인전
: 프랑스 혁명 지롱드파의 여왕, 롤랑 부인의 전기

한예민

『라란부인전』은 프랑스 혁명 당시 혁명가이자 지롱드파의 핵심 인물인 마담 롤랑(Madame Roland, 1754~1793)의 전기로, 그녀의 생애와 정치적 영향력을 조명한다.

롤랑 부인은 1754년 파리의 부유한 부르주아 가정에서 태어났다. 어린 시절 루소와 플루타르코스의 저서를 열독하며 공화정치사상에 대한 열정을 키웠으며, 1780년 리옹의 산업검찰관(産業檢察官) 장 마리 롤랑(Jean Marie Roland de la Platière, 1734~1793)과 결혼했다. 남편의 정치적 활동을 적극 지원하며 귀족 지위 승격을 도왔고 혁명 발발 후 자택을 개방해 지롱드파 인사들과의 살롱을 운영하며 '지롱드파의 여왕'으로 불렸다. 1792년 3월 남편이 내무장관에 임명되자 그녀는 정책 수립에 깊이 관여했으나, 산악파와의 갈등으로 1793년 체포되었다. 로베스피에르(Maximilien François Marie

Isidore de Robespierre, 1758~1794) 주도의 공포 정치 속에서 재판에 회부된 그녀는 단두대에서 "오, 자유여, 너의 이름으로 얼마나 많은 범죄가 자행되었는가"라는 역사에 남길 유언을 남긴 뒤, 39세의 나이로 생을 마감했다.

롤랑 부인의 전기는 19세기 말부터 20세기 초 동아시아로 유입되어 각국의 정치·사회적 맥락에 맞춰 재해석되었다. 일본에서는 1886년 쓰보우치 쇼요(坪內逍遙, 1859~1935)가 『The Queens of Society』(1860) 중 롤랑 부인 편을 발췌해 『朗蘭夫人の傳』(랑란부인의 전)을 출간했다. 이듬해 제목을 『淑女龜鑑 交際之女王』(숙녀귀감 교제지여왕)으로 변경하며 서구식 살롱 문화와 교양 있는 여성상을 강조했다. 1893년 도쿠토미 로카(德富蘆花, 1868~1927)는 가정잡지에 「佛國革命の花」를 연재(1893.12~1894.2)하며 그녀를 혁명의 상징으로 재조명했다. 중국에서는 1902년 량치차오(梁啓超)가 「근세 제일 여걸, 라란부인전)」(近世第一女傑, 羅蘭夫人傳)을 발표했는데, 이는 도쿠토미 로카가 1893년에 집필한 「佛國革命の花」을 토대로 번역한 것이다. 조선에서는 1907년 『대한매일신보』에 연재(1907.5.23.~7.6)된 후 같은 해 8월 단행본 『근세제일여중영웅 라란부인전』으로 출간되었다. 중국어 원본의 제목에서 '여걸'을 '여중 영웅'으로 수정했으며, 번역자는 명시되지 않았으나 문체와 내용의 일관성으로 동일인이 작업한 것으로 추정된다.

당시 역사 전기물은 대부분 국한문체로 번역되거나 국한문체 번역 이후에 국문체로 추가 번역되는 경우가 많았다. 이와 달리 『라란부인전』은 처음부터 국문체로만 쓰여진 이례적 사례다. 유사

한 예로 장지연이 집필한 잔 다르크 전기 『애국부인전』이 있으며, 두 작품 모두 여성인물을 주제로 다룬 전기라는 점에서 공통점을 지닌다. 다만 이는 전적으로 '여성 독자 대상'이라는 기치를 내세운 것은 아니었다. 『대한매일신보』에 게재된 『라란부인전』 광고문에서는 "이 쇼셜은 순국문으로 미우 지미잇게 믄둘어 일반 국민의 이국ᄉ샹을 비양ᄒᆞᄂ 칙이오니 이국ᄒᆞᄂ 유지ᄒᆞᆫ 남ᄌᆞ와 부인은 만히들 사셔 보시오."라고 밝히며 국문을 읽을 수 있는 자라면 성별을 불문하고 누구나 독자가 될 수 있음을 강조했다.

『라란부인전』의 표제에서 드러나듯, 롤랑 부인은 "근세 제일의 여중영웅이자 애국여자"로 묘사된다. 프랑스 혁명기 지롱드파의 막후 실세로 추앙받던 그녀가 어떻게 백여 년 뒤 식민지 조선의 '라란(羅蘭) 부인'으로 재탄생했는지, 작품의 줄거리를 살펴보자.

소설은 롤랑 부인의 탄생으로 이야기를 시작한다. 1754년 3월 18일 파리 중산층 가정에서 태어난 그녀는 어린 시절부터 총명함을 보였으며, 특히 플루타르크(Plutarch, 46~119)의 『영웅전』을 애독하며 고대 그리스와 로마의 공화정치에 대한 열망을 키웠다. 평온한 성장 환경과 달리 내면의 혁명적 열정은 점차 정치적 야심으로 표출되었다. 성년 후 리옹의 공업검열관 장 마리 롤랑과 결혼한 그녀는 독학으로 박물학과 식물학을 섭렵한 남편의 업무를 보좌하며 학문적 역량을 연마했다. 1789년 프랑스 혁명이 발발하자 롤랑 부인은 혁명에 적극 동참한다. 공화주의 사상을 고취하는 글과 팸플릿을 작성·배포하며 혁명의 주요 추진력으로

부상한 그녀는 브리소(Jacques Pierre Brissot, 1754~1793) 등 혁명 지도자들과 협력하며 지롱드파의 실질적 리더 역할을 수행했다. 리옹 클럽을 창립하는 동안 그녀는 저술과 연설을 통해 혁명 사상 확산에 크게 기여했다. 1792년 남편 롤랑이 내무장관에 임명되며 파리로 이주한 그녀는 사실상 정부의 핵심 참모로 활동하며 주요 문서 심의를 주도했다. 그러나 혁명이 진전되며 자코뱅파 등 급진 세력이 득세하자, 그녀는 이들이 진정한 공화주의 이념을 저버렸다고 비판하기도 했다. 1793년 1월 루이 16세 처형과 함께 남편 롤랑이 사임한 후, 5월 그녀는 체포된다. 옥중에서도 자서전, 혁명기사, 인물일화 등을 집필하며 강인한 정신력을 보였고, 동지들에게 희망을 잃지 말 것을 당부하는 등 국가의 미래를 염려했다. 10월 31일 지롱드파 22명이 처형당한 후 콩시에르주리 감옥으로 이송된 그녀는 최후의 재판장에서 자유와 정의를 외치는 열변을 토해냈다. 사형 선고를 받은 그녀는 친지들에게 편지를 남기며 특히 딸에게 부모의 이상을 계승할 것을 당부하는 유언을 남겼다. 단두대에 오르기 직전, 그녀는 자유의 여신 동상을 바라보며 "자유여, 그대 이름으로 자행된 죄악이 얼마나 많은가?"라는 유명한 말을 남기고 39세로 생을 마감했다. 롤랑 부인이 죽은 후 많은 이들이 그의 뒤를 따르고자 했고 남편 롤랑 역시 자결로 생을 종결지었다.

『대한매일신보』의 연재판과 단행본을 비교하면 의도적인 편집 전략의 차이가 두드러진다. 1906년 7월 6일자 신문 연재분 「라란부인전」은 롤랑 부인의 처형과 남편의 자살 장면으로 끝맺으며 '미완'으로 표기되었으나, 이튿날인 7월 7일자 사고(社告)에서 갑작스럽게 "정오(正誤). 작일 본보 데일면에 쇼셜 라란부인젼은 임의 끝치낫스매 미완을 완ᄌᆞ로 개정ᄒᆞ오며 ᄎᆞ호부터 다른 쇼셜을 게재하겟습"이라고 공지했다. 이는 량치차오의 「羅蘭夫人傳」에 포함된 '신사(新史)씨의 논평'이라는 혁명 비판적 결론부를 의도적으로 생략한 편집 전략이었다. 그러나 같은 해 출간된 단행본에서는 량치차오 원문 전체를 번역해 수록한 후, 번역자의 독자적인 해석을 덧붙여 "조선 사회에 혁명적 변화가 속히 도래하기길" 기원하는 논평을 추가하며 새로운 정치적 교훈메시지를 창출했다.

마담 롤랑의 서사는 동아시아 각국이 서구 혁명사를 자국의 필요에 맞춰 재해석한 사례를 보여준다. 일본은 그녀를 근대 여성의 교양 모델로 재구성하며 혁명의 급진성을 삭제했고, 량치차오는 그녀를 혁명의 창시자이자 동시에 피해자로 묘사해 폭력적 혁명의 이중성을 경계했다. 반면 조선의 번역가들은 신문 연재에서 혁명의 피비린내 나는 측면을 과감히 생략하는 한편, 단행본에 "국민의 결집이 대한을 유럽 열강과 동등한 지위로 격상시킬 것"이라는 낙관적 전망을 주입했다.

이처럼 신문 연재에서 혁명의 부정적 결과를 전략적으로 배제하고 단행본에 긍정적 교훈을 첨가한 행보는 식민지화 위기 속에서의 생존적 편집 전략이었다. 1907년 국권 상실 직전의 절박한 현실에서, 문학을 통해 시대적 한계를 돌파하려는 시도로 읽힌다. 비록 이러한 교훈이 현실 개혁의 구체적 방안으로 기능하지는 못했으나, 당대 지식인이 한 편의 전기를 매개로 식민지 현실을 직시하고 저항 정신을 고취한 점은 역사적 의미를 지닌다.

羅蘭夫人傳

<1>

근세뎨일녀중영웅 ○라란부인젼 近世第一女中英雄 ○羅蘭夫人
傳 권지단

셔문에왈 오호라 ᄌ유여 ᄌ유여 텬하 고금에 네 일홈을 빌어 힝한
죄악이 얼마나 만흐뇨 ᄒᄋᆷ엿스니 이말은 법국 뎨일 녀중 영웅 라란
부인이 림종시에 ᄒᆞᆫ말이라 라란 부인은 엇던사ᄅᆞᆷ인고 뎌가 ᄌ유에
셔 살고 ᄌ유에서 죽엇스며 라란부인은 엇던사ᄅᆞᆷ인고 ᄌ유가 뎌의
게셔 낫고 뎌가 ᄌ유로 말미암아 죽엇스며 라란부인은 엇던 사ᄅᆞᆷ인
고 뎌가 나파륜의게도 어미요 미특날의게도 어미요 마지니와 갈소
스와 비스믹과 가부이 의게도 어미라 홀지니 질졍ᄒᆞ야 말 홀진대
십구셰긔의 구쥬 대륙에 일졀 인물이 라란부인을 어미 숨지 아닐이
업고 십구 세긔의 구쥬 대륙에 일졀 문명이 라란부인을 어미 숨지
아닐수 업도다 무슴연고뇨 법국의 대혁명은 구쥬 십구세긔의 어미
가 되고 라란부인은 법국 뎌혁명의 어미가된 ᄭᆞ닭이라 ᄒᆞ노라
이ᄯᆡ는 일ᄇᆡᆨ오십년젼 셔력 일쳔칠ᄇᆡᆨ 오십ᄉ년 삼월십팔일이라 법
국 파리셩 반노불거리에 은장이 비립반의 집에셔 ᄒᆞᆫ 녀ᄋᆞ를 나하
그우는 소래가 이 셰계에

〈2〉

나타나니 이는 곳 마리농 비립반이오 장리에 라란의 부인이라 그 가세는 본시 지닐만 ᄒ고 아비 셩픔은 순량 ᄒ며 라약ᄒ고 어미 셩픔은 강명ᄒ야 장부의 긔샹이 잇ᄂ지라 부모가 부즈런ᄒ고 검소홈으로 산업을 저축ᄒ야 평화 셰게에 혼 화평흔 빅셩이 되엿더니 이런집에셔 능히 뎌러흔 인물 라란 부인을 나핫스니 시셰도 영웅을 나흔 거시오 빅셩의 능히 힘으로 홀비ᄂ 아니라 졈졈자라민 심상사회의 교육을 밧으나 그러나 뎌가 졀셰흔 출텬지지로 희리ᄒᄂ 힘과 샹샹력이 츙만 ᄒ야 규측으로 교육ᄒᄂ 외에 스스로 교육 ᄒᄂ것이 흥샹 빅갑졀이나 되더라

나히 십셰가 되민 능히 모든 고셔를 혼자 읽되 미양 예수의 사도들이 도를위ᄒ야 피를흘닌 사젹과 아라비아와 토이기의 니란 근본과 문장들의 려ᄒᆼ유람흔 일긔와 하마단졍의 지은시를 읽기 됴화ᄒ고 그중 더욱 됴화ᄒ기ᄂ 포이특긔의 영웅젼이라 즈긔가 흥샹 그중에 영웅으로써 졔몸에 비ᄒ고 미양 부모롤 좃차 교당에 가셔 긔도 홀졔ᄂ 이칙을 쏙가지고 가셔 몰니 보며 이천년젼에 사파달

과 아뎐에셔 나지못흔거슬 각금 흔탄흐고 칙을접고 속으로울미 부
모가 말녀도 금치못 흐더라

그형뎨 즈미 류인이 다 불행흐야 요스 흐얏스미 부인의 소년 싱이
가 극히 젹막흔고로 더욱 셔칙 가온대셔 친고를 구흐야 감동흐는
졍이 날노 더흐고 리치의 싱각이 날노깁허가더니 그후에 그지아비
라란 의게 편지를 붓쳐 갈ㅇ디 첩이 감격흔 뜻이 만흔거슨 텬셩이
그런지라 고독흔 교휵즁에셔 싱장흐야 이졍이 일뎜으로 밋쳐 갈스
록 더옥 깁허가미 무단히 노래허며 곡흐고 씨씨로슯허흐며 즐거워
흐야 다른녀ㅇ들이 분주히 희롱흐며 즐겁게 음식 먹을째에 첩은
각금 하놀를 우러러보며 짱을 굽어보며 신셰가 흥상 무궁흔 감격이
잇노라흐얏스니 그소년에 긔특흔 긔운을 일노보아 가히 알겟도다
뎌가 죵교에 먼져 열심으로 쥬의흐야 십일셰에 부모께 쳥흐야 승방
에 드러가 셩교 리치를 빈온지 일년만에 나가 외조모집에셔 거흐다
가 쏘일년만에 비로소 집에 도라가미 뎌가 겸손흐고 즈익흐고 민첩
홈으로 왼집이 스랑흐고 친고가

〈4〉

 수모호야 멋히동안을 이러케 화평혼 세월노 지니나 연이나 그것헤 살림은 화평호나 그속의 정신은 홀연이 흔큰 혁명홀뜻이 니러나니 당시에 법국 정계상 혁명의 션봉될 소위혁명소상이 임의죠곰식 츌몰호야 이 녀영웅이 나기젼에 니러낫더니 이쩌에 니르러는 더옥 치셩호야 무단히 이화평혼집 문틈으로 시여드러가미 뎌 심신이 민쳡혼 절믄부인이 부지불각중에 건장호고 탁월혼 원동력을 양셩혼지라

 뎌가 날마다 독셔호고 궁리호기로 일을삼더니 스스로 권셔와 유젼호는일과 습관이 사회상에 부픠혼 큰근본인줄을 Ꞔ닷고 날마다 더옥 실여호고 Ꞔ쳐ᄇ리기롤 싱각홀식 홍상 ᄌ유호고 독립호야 남을 의탁지 안코 남 ᄇ린거슬 힝호지아니홀 긔긔ᄀ잇스미 어시에 그혁명을 먼첨 종교로붓허 시작호야 신구약에 젼흔바 예수와 마셔의 긔젹을 먼첨 힐난호야 굴ᄋ디 이것은 허탄호야 서지못홀 말이라호고 교회의 신보와 권독야슈교 증거론등셔를 반복호야 비유로 희셕호야 일변으로 닐그며 일변으로는 회의파의 철학의 글을 닐그니 허탄혼 의론이 확

〈5〉

실흔 리치롤 이긔지못ㅎ눈지라 뎌부인이 나히 열륙칠셰에 맛참닉
종교에 미혹ㅎ든 망녕된 싱각을 쓰러 브려스되 ᄌ친의 뜻슬 샹치
안코져ㅎ야 형식샹으로만 교회에 간간이 ᄃ니니 더긔 그뢰락ㅎ고
특졀흔 긔긔가 진실노 도리라는 것은 아니홀것인줄노 알앗스미 비
록뢰뎡과 만근지력 으로도 능히그뜻슬 쌔앗아 그밋는것을 썩지못
ㅎ겟더라

뎌의 특셩이 그러ㅎ미 소이로 그후에 능히 셤셤약질노 빅가지 어려
온 것슬 당ㅎ여도 의심이업고 ᄉ싱을 림ㅎ여도 굴치아니ㅎ엿스니
캄캄흔 법국대혁명 홀 골속에 흔 문명ㅎ고찬란흔 쏫이 픠게흔거슨
다 이졍신과 이혼력으로 된것이러라 뎌가 포이특긔의 영웅젼을 읽
으미 ᄆ음이 희랍과 라마의 공화졍치에 취ㅎ엿고 ᄯ 대셔양 건너편
히안에서 영국 헌법을 모방ㅎ야 새로세운 미국을 그윽히 엿보며
그발달진보됨이 속흔것을 놀납게 녁이고 이에 평등을 ᄉ랑ㅎ며 ᄌ
유를 ᄉ랑ㅎ며 공경과 의리를 ᄉ랑ㅎ며 간략홈과 쉬인것을 ᄉ랑ㅎ
눈 싱각이 졈졈 타눈듯ㅎ고 쓸눈듯ㅎ야 뎌부인 흉즁에 리왕ㅎ나
그러나 뎌의 리치의 ᄉ

〈6〉

샹이 그러흔지라 실수를 말홀진딕 더가 진실노 기혁 쇄신흔 정치아
리 살며 나라집에 흔 츙실흔 신민이되기를 ᄇ라더니 로역왕 십륙이
즉위ᄒ미 더가 싱각ᄒ되 혁신홀 대업을가히 일우으고 인민의 힝복
을 가히ᄇ라리로다ᄒ더니 셔력 일쳔칠빅칠십오년에 면포란리에
더가 오히려 나라 사름들이 급속히 격동흠을 허물되이 넉이며 정부
의 경칙을 돌보아 주엇시니 딕기 더ᄂ ᄌᄉ인흔 사름이오 잔혹흔 사
름은 아니며 평화를 죠화ᄒᄂ 사름이요 요란을 죠화ᄒᄂ 사름은
아이로다 오호라 ᄌᄉ고로 혁명 시딕에 어진사름과 뜻잇ᄂ션비중에
ᄒ나히라도 엇지 탁월ᄒ고 결빅흔 셩질과 빅셩보기를 샹흔것ᄀᄉ치
넉이ᄂ 열셩이 아니리요

진실노 만번부득이 흠이아니면 엇지흔몸의피와 만인의 피로써 셔
로 부으며 셔로치며 셔로 샹ᄒ계흠으로 쾌히넉여 질거워ᄒ리오마
ᄂ ᄇ라도 ᄇ랄것이업고 기다려도 기다릴것이업ᄉ미 이에 부득불
인ᄌᄉ함을 버리고 ᄉ랑함을 ᄯ츠며 원통을 먹음고 눈물을 뿌리고
이길로 나아감이니 슯ᄒ도다 라란부인의 졍셩과 온화흠으로도 나
죵에ᄂ 쳔고에 참혹흔 굴혈에 투신ᄒ여 흔번죽어 텬하를 사례

⟨7⟩

ᄒ엿시니 이것이 뉘가 ᄒ라ᄒ여 이ᄀᆺ치ᄒ엿스리요 오릭지아너셔 라란복랍져로 더부러 결혼ᄒ니 라란은 리앙시 사람이니 온젼히ᄌ 긔 힘을밋고 복과 명을 졔가 ᄆᆫᄃᄂ는 사람이라 십구세에 혈혈단신으 로 미국을 유람ᄒ고 ᄯᅩ 도보로 법국을 ᄒᆫ번 다 돌아 유람ᄒ고 그후 에 아면스의 공업 감독관이 되여셔는 ᄒᆞᆼ상 글을지어 공업 상업의 문뎨를 론슐ᄒ니 소문이 나셔 국즁에 유명ᄒ더라

려힝ᄒᆞ기를 죠와ᄒ며 글읽기를 죠와ᄒ고 마음 가지기는 졍셩되고 진실ᄒ며 일ᄒᆞ기는 졍밀ᄒ고 엄졍히ᄒ며 힝실은 단졍ᄒ며 졔몸에 당ᄒᆫ것은 질박ᄒᆞ게 ᄒᄂ는지라 그러나 ᄌᆞ신력 (스스로밋ᄂᆫ힘) 이 심 히 굿세고 긔운과 넉시 극히 셩ᄒ고 ᄯᅩ 어려셔 부터 ᄆᆞ음이 공화 졍치에 취ᄒᆞ얏는고로 마리농으로 더브러 일즉친ᄒᆞ더니 일쳔칠빅 팔십년에 니르러 혼례를 힝홀시 이때에 라란의 나흔 ᄉᆞ십오셰오 마리농의 나흔 이십오셰라 일노붓터 마리농이 라란부인이라는 일 홈으로 셰상에 들내더라

라란부인의 싱애는 험ᄒ고 급ᄒᆷ으로써 맛찻고 평화로써 시작ᄒ지 라 결혼ᄒ후

이년에 흔 녀ᄋ를 나핫고 오래지아니ᄒ여 라란이 리앙시 공업감독 관으로 올마온 집이 리앙으로 이ᄉᄒ니 라란의 학식과 인물을 이곳 에셔 크게 존경ᄒᄂᄇᆡ 되엿ᄂᆫ지라 이때에 리앙에 공업 샹업이 극히 쇠패ᄒᄒᆞ엿스민 라란이 급〃히졍돈ᄒᄒᆞ며 회복홀 계칙을 강론ᄒᆞ야 항 샹 론슐흔바이 잇셔 즈긔 의견을 발표ᄒᄆᆡ 물망이 더욱 놉핫스니 실노 부인이 그ᄉᄋᆡ에 모든것을 좌지 우지훔이오 라란의 져슐흔것 도 ᄒ나토 부인의 토론과 곳침을 밧지 아닌것이 업고 ᄯᅩ 가ᄉᄅᆞᆯ 보살피며 ᄋ녀를 양육ᄒᆞ고 ᄯᅩ 여가에ᄂ 항상 박물학과 식물학을 공부ᄒ니 대긔 라란부인의 일싱이 ᄀᆞ장 쾌락ᄒᆞ고 복되기ᄂ 오직 이 ᄉ오년 동안이러라

그러나 하늘이 라란부인의게 집안 살님의 복조를 누려 와셕죵신훔 을 허락지아니ᄒᆞ시민 법국 력ᄉ와 세계 력ᄉ샹에 다 라란부인의 일홈이 들어 그빗치 더욱 빗낫도다 이에 바람이졈〃 니러나고 구름 이 졈〃 어지럽고 번긔가 졈〃 번쩌거리고 물이 졈〃 소사나드시 왈 칵왈칵 무럭무럭 법국 혁명이 되여가니 차탄ᄒᆞ고 괴샹ᄒᆞ다 법국이 드대여 대혁명을 면치못ᄒᄒᆞ엿더라

그씨에 법국이 로역왕 십수 십오 량죠를 지니미 지앙의 씨뿌린 것
이 임의 닉엇는지라 시임군 로역 십륙이 부득불 그조부의 씨친 지
앙을 쇼멸홀 형셰가 잇스미 화산이 크게 터질 긔한이 쟝춧 갓가와
여긔셔는 혼줄기 연긔가 뵈이며 뎌긔셔는 은〃혼 소리가 들니니
큰 란리를 임이 피치못ᄒ게 되얏스나 시임군은 라약ᄒ야 능히 혼단
을 바로잡지못ᄒ고 도로혀 격동케ᄒ니 비록 어진졍승 니잠아가 잇
스나 일을 가히 ᄒ지못홀줄을 알고 몸을 쎄여 물너가니 어시에 시
임군은 더욱 라약ᄒ고 죠뎡에 권신과 간신들은 참람ᄒ고 긔혁은
미루워가고 부셰는 만코 싱계는 군박ᄒ야 여러가지 원인이 셔로
붓닐고 셔로 핍박ᄒ니 인민이 춤기를 혼번이오 쏘혼번이오 기다리
기를 일년이오 쏘일년이라가 맛춤니 일천칠빅팔십구년에 파스덕
의 옥을 씨치고 죄슈들를 방셕ᄒ니 혁명의처음 소리가 비로소 니러
낫더라
파스덕의 옥을씨친 승젼가는 곳 라란부인의 츌진혼 라팔이라 라란
부인이 지혜잇는눈으로 시국대셰를 술필시 니잠아의 거동과 국회
의 거동을보니 ᄒ나도 가

히 쥬져ᄒ여 뜻셰차ᄂᆫ것이 업ᄂᆫ지라 이에 놉히뛰여 홀연히 니러나
닐ᄋ더 혁명이 임의 니러낫시니 평싱에 꿈에 싱각ᄒ던 공화쥬의를
이졔 실ᄒᆼ홀 긔회를 엇엇도다ᄒ니 부인이 혁명ᄒ기을 ᄉ랑홈이 아
니나 법국을 ᄉ랑ᄒᄂᆫ ᄭᆰ으로 부득불 혁명을 ᄉ랑ᄒᄂᆫ것이라 뎌
가 닐ᄋ대 오늘날 법국은 임이 죽엇스니 주은더셔 살게ᄒ기ᄂᆫ 혁명
을 바리고ᄂᆫ 홀수업ᄂᆞ니라ᄒ고 이에 부쳐가 온젼히 혁명졍신을 잉
틱ᄒ야 기르고 혁명ᄉ상을 널니 폄으로써 일슴더라 라란이 처음으
로 리앙 구락부를 창셜ᄒ고 부인은 스스로 혁명을 고동ᄒᄂᆫ 론셜을
져슐ᄒ며 로스의 인권론 대지를 쵸집ᄒ며 미국의 포고 독립문을
인쇄ᄒ야 낫이나 밤이나 스스로 가지고 원근에 흣허 반포ᄒ니 어시
에 소위 라가의 소칙ᄌ라ᄂᆫ것이 파려와 리앙스이에 비와 쌀눈갓치
흣허 ᄺ러지더라 친고 포렬스ᄂᆫ 인국신보를 파려에셔 창셜ᄒ고 친
고 뎜파니ᄂᆫ ᄌ유보를 리앙에셔 창셜ᄒ미 부인이 다 그 쥬필이되여
바람을불고 비를부르며하늘을 놀니고 ᄯᅡ을 움죽이며 신을 브르지
지게 ᄒ고 귀신을 울게ᄒ며 룡을 놀니게ᄒ고 비암을 다라나게ᄒ니
법국의 즁앙

〈11〉

긔샹이 흔번 변ᄒᆞ얏더라

일쳔칠ᄇᆡᆨ구십일년에 리앙시에셔 지졍이 곤란ᄒᆞᆫ ᄭᆞᆰ으로국회에 연죠를 쳥ᄒᆞ니 라란이 그 위원으로 션졍이되여 이에 부부가 셔로 잇ᄭᅳᆯ고 파려에 류ᄒᆞᆫ지 닐곱돌이라 뎌들이 파려에 니르미 그 려관이 문득 유지쟈의 공회쟝이 되엿ᄂᆞᆫ지라 친고 포렬ᄉ와 비디아와 포과와 라발ᄉ비 등이 셔로 동지쟈를 인도ᄒᆞ야 셔로 쇼기ᄒᆞ고 미양 간일ᄒᆞ야 라란의 려관에 회집ᄒᆞ니 부인이 그ᄣᅢ에 거동이 엇더ᄒᆞ뇨 뎌가 흥샹 스스로 긔록ᄒᆞ야 ᄀᆞᆯ♀디 내가 스스로 녀ᄌᆞ의 본분을 아ᄂᆞᆫ고로 비록 날마다 내압헤 모혀 긔회ᄒᆞ나 내결단코 의론ᄭᅳᆺ헤 망녕되히 참예치 아니ᄒᆞ겟스나 그러나 모든 동지의 일동일졍과 일언일ᄉᆞ를 내가 다 ᄌᆞ셰히 듯고 단단히 긔록ᄒᆞ야 ᄲᅡ진 것이 업고 ᄯᅢ로 혹 말ᄒᆞ고십혼 것이 잇스나 내가 ᄯᅩᆫ다시 혀를 물고 스스로억졔 ᄒᆞ노라 ᄒᆞ얏더라

오호라 이 국셰가 간난ᄒᆞᆫ ᄯᅢ를 당ᄒᆞ야 영웅이 무리무리 화로를 둘너안져 손바닥을치며 큰 계교를 의론홀시 우연히 흔번눈을들어 보미 눈셥이 헌헌ᄒᆞ고 눈

〈12〉

이 청청ᄒ야 풍치가 세상에 드믈고 신광이 사룸을 어리는대 입으로
말ᄒ고져ᄒ다가 입살을 가만이 씨물고 눈을 자조 번작이되 빗치
더옥엄졍ᄒ 혼부인이 겻히셔 감독ᄒᄂ지라 부인이 비록 강잉ᄒ야
스스로 억졔ᄒ나 그챵ᄌ에 ᄀ득ᄒ 졍신과 일신의 졍력이 임의 은연
히 온셰상의 됴흔남ᄌ들를 니르키여 고동식키며 격동식켯더니 이
닐곱둘동안에 임의 소위 동포회에 밍셰ᄒ고 드러온 모든 명ᄉ를
ᄉ괴고 ᄯᅩ 자조 구락부에 연셜과 국회의 토론을 드르미부인이 혁명
의 진췌가 지완홈을 ᄒᄒ고 크게 분격ᄒ야 이에 포렬스의게 글을붓
쳐 ᄀᆯᄋ디 나의 ᄉ랑ᄒᄂ 사아라여 (ᄉ아라ᄂ 라마 민권의 령슈인대
이ᄡᅥ에 편지투가 흔이 희랍과 라마의 공화졍치에 유명ᄒ 사룸으로
써 셔로칭호ᄒ야 부르ᄂ 법이러라) 엇지 공의 붓을 불 가온대 던져
바리고 도리켜 번듯거리며 쵸야로 드러오지 안ᄂ뇨 지금 국회가
부픠ᄒ고 문허진 ᄒ 흙덩어리에셔 지내지못ᄒ니 오늘날 니란은 벌
셔흉ᄉ가 되지아닐거시니 우리ᄂ 진실노 죽어야만 쓸거시라 니란
이 잇고셔야 혹 소셩홀수 잇슬여니와 이제 니란이 업스면 ᄌ유가
업셔질 거시니

⟨13⟩

우리가 오히려 너란을 두려워 ᄒ겟ᄂ냐 너란을 피 ᄒ겟ᄂ냐 ᄒ엿스니 이것은 실노 부인이 그시에 급히 나아가는 정형이라 부인이 국회가 빙빙과거홈을 노ᄒ여 드디여 분ᄒ야 다시 방청 자리에 드러가지 아니ᄒ더니

그희 류월에 로역왕십륙이 몰내 도망ᄒ엿다가 잡히여 다시 파려에 도라오니 부인이 싱각ᄒ기를 이쎄에 맛당히 혁명을 실힝ᄒ리로다 ᄒ엿셔도 오히려 실힝치못ᄒ믹 슯흐고 분홈이 더욱 심ᄒ야 그윽이 탄식ᄒ야 ᄀᆯᄋ딕 우리가 오늘날 반다시 한번 혁명을 아니홀수 업스나 그러나 빅셩도 과연 이러홀 혼력이 잇는지 업는지 내 심히 의심ᄒ노라ᄒ고 일노부터 불쾌ᄒ야 그 가쟝으로 더브러 ᄀᆺ치 리앙으로 도라갈시 가는길에 라발스비의 혁명격셔를 훗허 반포ᄒ야 써 빅셩을 격동ᄒ더라

량쥬가 리앙시 월사에 도라가 국회를 희산ᄒ고 짜로 립법의회를 세울시 시로 의원 칠빅스십오인으로 조직ᄒ야 일우윗는딕 그쎄에 공업제조관의 걸쳐는 철폐된지라 라란이 이에 온젼히 문필에만 종스ᄒ야 더옥 익국ᄒᄂ는 스업에 정성

〈14〉

을 다ᄒᆞ다가 십이월에 온 집이 파려로 이ᄉᆞᄒᆞ니라

그ᄯᅦ에 법국 국권이 온전히 립법의회의 손에 잇ᄂᆞᆫ디 의회즁에 실노 세파가 분ᄒᆞ야 ᄒᆞ나흔 평원파니 그좌셕을회의쟝의 평탄흔 ᄯᅡ을 겸 령ᄒᆞᄂᆞᆫ고로 이 일홈을 엇엇고 실노 평등범샹흔 인물들이 모힌거시오 둘재ᄂᆞᆫ 산악파니 회의쟝의 놉흔좌셕을 겸령ᄒᆞᄂᆞᆫ고로 이 일홈을 엇엇고 실노 극히 급ᄒᆞ게 격동ᄒᆞᄂᆞᆫ 파라 이후에 피로ᄡᅥ 파려에 ᄲᅮ린 사롬 라발ᄉᆞ비와 단돈과 마랍아등이 다 이 파에 징징흔 쟈이오 셋재ᄂᆞᆫ 뎍랑뎍ᄉᆞ파니 그 의원들이 만히 뎍랑뎍ᄉᆞ ᄯᅡ에셔 션뎡ᄒᆞ야 나아 온고로 이 일홈을 엇엇고 이 파가 당시에 ᄀᆞ쟝 셰력이 잇스니 포렬ᄉᆞ 와 포과와 로잠이 등 모든 현인들이 다 여긔셔 나왓ᄂᆞᆫ지라 그 사롬들이 다 포이특긔의 영웅젼과 로사의 민약론의 감화홈을 밧아 나흔 겹고 긔운은 날니고 ᄯᅳᆺ은 놉고 ᄒᆡᆼ실은 조촐ᄒᆞ니 거울갓흔 리치의 ᄉᆞ상과 ᄯᅵᆺᄂᆞᆫ것ᄀᆞᆺ흔 인국심으로ᄡᅥ ᄉᆞ괴여 고동ᄒᆞ며 죠련ᄒᆞ며 지휘 ᄒᆞᄂᆞᆫ쟈ᄂᆞᆫ 실로 라란부인이니 뎍랑뎍ᄉᆞ파의 괴슈ᄂᆞᆫ 일홈인즉 라란 이나 실샹인즉 라란부인이라 이거슨 력ᄉᆞ가에셔 다 아는 바이

러라

이에 니르러는 니외의 형세가 더욱 급ㅎ야 화가 눈썹에림박ㅎ미 잔인ㅎ 목슴이 다 죽어져 가는 녀 로역왕 십륙이 이에 부득이ㅎ야 나라홀 그릇쪄린 이젼 신하들을 비쳑ㅎ고 민당으로써 디신ㅎ니 이 에 라란이 물망의 도라감으로써 공쳔홈을 닙어 니무대신이 되미 이쪄는 일쳔칠백구십이년 삼월이라 량쥬가 명을 밧아 관뎨로 이스 ㅎ고 라란이 궐니에 입시홀제 평샹복을 닙고 평샹모즈를 쓰고 눌근 신을 신고 친슉ㅎ 친고를 찻는드시 ㅎ니 궁즁에 시위ㅎ는쟈들이 놀내지 안는이가업더라

녯날 시골에 흔 죠고마흔 샹무관의 안히가 이제 쟝춧 기우러질 로 역왕죠에 니무대신의 부인이 되엿스니 라란부인의 셰력이 이에 니 르러 더욱 왕셩ㅎ야 그 집이 흥샹 덕량녀스파의 회소가 된지라 부 인이 낫이면 모든당파를 불너모히고 밤이면 몸을굽혀 경셩을 다ㅎ 여 가쟝의 스무를 도으니 라란이 미양 동관으로 더부러 의론홀 일 이 잇스면 반드시 부인을쳥하여 굿치 좌셕에 참예 ㅎ게 ㅎ고

너무대신의 공소 칙상우희 랑쟈히 산ㅈ치 싸힌 긴요흔 문부를 낫"
치 다 부인의 손을 지는 후에야 비셔관의게 느리고 의회와 니각
회의에 데출홀 모든 보고셔도 다부인으로 말미암아 긔초ㅎ고 정부
에셔 출간ㅎ는 관보도 다 부인으로 말미암아 그 방침을 지휘ㅎ며
그 스무를 감독ㅎ니 그쎠 신정부의 활동력으로 ㅎ여곰 날마다 공화
소상에 나아가게 흔것은 다 라란부인의 흔것이라 법국 너무대신의
인쟝을 가진이는 비록 라란이나 그 큰권셰는 실노 이 녀지상의 쟝
악가온더 잇더라

라란부인은 싱각ㅎ기를 긔혁ㅎ는 소업은 결단코 가히 죠뎡을 의뢰
홀것이 아니라ㅎ미 그런고로 타인은 비록 로역왕을 밋으나 부인은
결단코 밋지 아니ㅎ고 일즉 말ㅎ여 갈ㅇ디 나는 맛춤내 뎌 뎐졔경
치 아래셔 싱쟝ㅎ야 뎐졔로쎠 세운 임군은 능히 립헌정치를 실힝홀
줄노 밋지아니 ㅎ노라 ㅎ엿고 라란이 처음에 대신이 되여 로역왕을
보고 흔연이 깃분빗치 잇셔 도라와 부인을보고 말흔더 부인이 골ㅇ
더 그더는 어리셕음을 면치못 ㅎ엿도다 정부는 불과 흔 쥬막

이오 대신은 불과 왕의 흔 어리광더라 ᄒ엿스니 부인은 홀노 왕만 의심 홀쑨아니라 무론 엇던 사롬이 ○지 귀족당으로 더부러 관계가 잇는쟈는 다 의심ᄒ더니 그쩌에 흔 련숙한 외교가 쵸마력이라는쟈 이 잇셔 그 벗을 다리고 와셔 부인끠 뵈이고 물너가미 부인이 다른 사롬의게 말ᄒ여 굴ᄋ디 더런무리 모든 됴흔 남ᄋ라ᄒ는이들은 낫 쳬는 익국ᄒ는 모양이 잇고 입으로는 익국ᄒ는 말을 만히 ᄒ나 나 보기에는 뎌희들도 익국ᄒ지 안는거슨 아니나 나라 ᄉ랑 ᄒ기를 제몸 ᄉ랑 ᄒ드시는 못ᄒ니 나는 우리나라 가온더 이런 사롬 잇는 거슨 원치 아니ᄒ노라 ᄒ더라

죠고마흔 일기 라란부인으로셔 그 지아비를 몰며 다른대신을 몰며 덕랑덕ᄉ의 온 당파를 몰아 날마다 로역왕으로 더브러 셔로 멀어가 게ᄒ여 이히 륙월에 니르러는 왕과 더브러 신정부 ᄉ이에 츙돌홈이 임이 극도에 니르럿는지라 이젼 ᄉ월에 오대리로 더브러 싸화 리롭 지 못ᄒ미 인심이 흉흉ᄒ고 국너의 완고 션비들은 다 밍셰ᄒ고 시 로낸 헌법을 직히지 아니려ᄒ니 ᄉ긔가 더욱 어즈럽

〈18〉

고 급박ㅎ거늘 정부에셔 이에 두가지 큰졍칙을 뎨츌ㅎ니 ㅎ나흔 굴온 파려 각방에셔 시 병뎡 이만명을 모집ㅎ여 니란과 외뎍을 막으며 도셩을 보호ㅎ게 ㅎ고 둘재는 갈온 무릇 헌법을 좃지아니ㅎ는 교민들은 다 디경밧긔 좃쳐내라 ㅎ거신디 로역왕이 허락지 아니ㅎ거늘 라란부인이 싱각ㅎ되 뎍량뎍ᄉ당이 조뎡에 디ㅎ야 슌죵홀넌지 비반홀넌지 맛당히 이방칙을 힝하며 아니흠으로써 결단ㅎ리라 ㅎ고 이에 라란을 지쵹ㅎ여 니각졔원을 련합ㅎ야 왕끠 글을 올녀 굴ᄋ디 만약 국가를 편안ㅎ며 샤직을 리롭케 ㅎ고져 홀진디 맛당히 속히 이 안건을 실힝ㅎ소셔 그러치 아니ㅎ면 신등은 히골을 빌어 물너가고 다시 왕을 위ㅎ야 쥬션 홀수업ᄂ나이다 ㅎ엿는디 이 샹소에 문필은 졍묘ㅎ며 강직ㅎ고 ᄉ리는 간략ㅎ며 명백ㅎ미 의론ㅎ는 쟈 굴ᄋ디 법국ᄉ긔의 공문 문ᄌ즁에는 이거시 뎨일이라 ㅎ엿고 그 긔안을 지은쟈는 실노 라란부인이라 과연 로역왕 십륙이 강퍅ㅎ야 그 의안을 쓰지 아니ㅎ니 륙월십일일에 신졍부가 드듸여 총ᄉ직을 ㅎ얏더니

〈19〉

혁명될 형셰가 더욱 빠르고 더옥 급ᄒᆞ야 팔월십일에 니르러ᄂᆞᆫ 로역왕십륙이 뭇춤내 폐홈을 입어 별뎐에 갓치니 왕졍이 임이 것구러지고 공화가 임이 셔미 립법의회가 ᄒᆞᆫ번 변ᄒᆞ야 민션의원이 되여 드듸여 시로이 힝졍회의를 셰우고 라란이 다시 ᄂᆡ무힝졍관을 복직ᄒᆞ엿ᄂᆞᆫ지라 왕을 폐ᄒᆞᆫ 일은 슈창ᄒᆞᆫ쟈ᄂᆞᆫ 산악당이오 덕랑덕ᄉ당도 쏘ᄒᆞᆫ 찬셩ᄒᆞ엿더라

라란부인의 ᄉ상이 이졔 임의 실디로 나타나셔 싱각ᄒᆞ기를 태평ᄒᆞᆯ 날을 가히 지뎡ᄒᆞ야 기다릴이로다 ᄒᆞ엿더니 뜻밧게 흔물결이 평뎡되지 못ᄒᆞ야셔 쏘 흔물결이 니러나며 압문에셔 호랑이를 막앗ᄂᆞᆫ디 뒤문에셔 일희가 드러오며 우희잇던 큰 원슈ᄂᆞᆫ 임의 죽엇ᄂᆞᆫ디 아ᄅᆡ잇던 큰 원슈가 방쟝 우익을 일우울줄을 엇지 알앗스리오 이졔ᄂᆞᆫ 라란부인이 드듸여 ᄌᆞ긔가 믄ᄃᆞ러 낸 혁명 풍파즁에 투신치아니ᄒᆞᆯ수업셔 그 속에 씹히며 ᄶᅵ이며 말니여 드러가니

하슈가 숨어 흘너 줄곳 쳔리에 부으미 엇지 다시 인력으로 능히 막을바이리오 라란부인이 임의 울이를 열고 혁명의 눌닌 즘승을 몰아내니 눌닌즘승이 왕을

물어 왕이죽고 귀쪽을 물어 귀쪽이 죽고 이제는 도리혀 아금니를 버리고 발톱을 춤추며 울이를 맛핫던 사롬의게로 향ᄒᆞᄂ지라 부인이 젼에는 인민의 셰력으로 의회를 니르키고져 ᄒᆞ엿더니 지금에는 의회의 권세를 잡은쟈는 인민이니 혁명의 쥐ᄒᆞ는 약을 마시고 발광ᄒᆞ는 인민이라 부인이 이왕에 품엇던 회포가 쳐음에는 문허졌다가 다음에는세워 흔번 젼졔졍치를 것구러더리고 급히 질셔가 잇는 시텬디를 열엇스나 그러나 솜씨가 놉고 발길이 ᄲᆞ른 뎌 혁명의 거벽들이 흔번 나아가고 ᄯᅩ 흔번 나아가 ᄎ〃 ᄎ〃 그 속력을 더ᄒᆞ고 더ᄒᆞ여 더욱 고함을 지르며 달녀들어 춤되고 공정흔 공화쥬의의 발븟칠 짜홀 짓닉여 넓으민 흔돌이 못되여 라란부인과 덕랑덕ᄉ당의 모든명ᄉ 들이 부득불 파려의 모든 백셩들노 더부러 졈졈 원슈가되니 이ᄯᅢ를 당ᄒᆞ야 그 셰력이 가히 ᄡᅥ 즁민을 압졔홀 쟈는 오직 흔 사롬이 잇스니 이는 단돈이라 단돈은 산악당의 령슈요 힝졍회의의 임원이니 라란으로 더브러 동료요 민간에셔는 믈망이 ᄀᆞ쟝 놉흐민 그 ᄌᆞ격이 졍히 이런 어려운 판국을 가히 당홀만 ᄒᆞ나 그러나 라란부인은 그

사룸을 됴화ᄒᆞ지 아니ᄒᆞ고 너무 급히 격동ᄒᆞ야 오늘날에 쓰임이
뎍당치 안타ᄒᆞ야 싱각ᄒᆞ기를 반ᄃᆞ시 이 동밍을 거졀ᄒᆞᆫ 연후에야
뎍랑뎍ᄉᆞ당의 형셰가 가히 편안ᄒᆞ고 온젼ᄒᆞ리라 ᄒᆞ엿스니 대개 부
인은 슌젼ᄒᆞᆫ 리치의 ᄉᆞ샹가이로되 실디로 쓰는디 암약ᄒᆞ고로 이러
케 고집ᄒᆞ엿으니 이것도 ᄯᅩ한 죡히 괴이히 녁일거시 업도다 단돈이
처음에 열심으로 이 동밍을 셩취케 ᄒᆞ고 날마다 부인의 응졉실에
나아가며 동관이 회집홀 ᄯᅢ마다 ᄒᆞᆼ샹 시간젼에 니르더니 팔월금음
에 니르러는 동밍ᄒᆞᆫ 것이 반ᄃᆞ시 셩취되지 못홀쥴을 셔로 알고 드
더여 셔로 ᄭᅳᆫ코 다시 오지 아니ᄒᆞ니 이에 폭동ᄒᆞᄂᆞᆫ 빅셩으로 더부
러 원슈가 된 라란부인의 당파가 부득불 란민의 동류 산악당과도
원슈가 된지라
뎌 법국ᄉᆞ긔샹에 피로써 일홈엇은 산악당이 이히 구월초슌에 무졍
부당류의 희싱이 된 파려 옥즁에 갓친 왕의 당파의죄슈들을 살륙ᄒᆞ
니 이에 니르러 라란부인이 비로소 산악당의게 속인바 된쥴을 알고
이둘 오일에 부인이 ᄒᆞᆫ 편지를 벗의게 붓쳐 ᄀᆞᆯ으디 우리들이 지금
은 임의 라발ᄉᆞ비와 마랍등의 칼아래 잇도

다ᄒ고 그 구일에 다시 흔 편지를 붓쳐 ᄀᆯᄋ디 내친고 단돈군은
혁명의 공변된 원슈라 뎌가 라발ᄉ비로 어리광디를 슴고 마랍으로
우익을 슴고 짜른 칼을 쥐고 약심지를 가지고 국민의게 찌르며 폭
발ᄒ니 슯흐도다 쳡이 혁명에 열심ᄒᄂ것은 공도 아ᄂ바이어니와
그러나 쳡은 도리혀 붓그럽게 녁이노니 혁명의 큰의리를 무도흔놈
들의게 더러인배가 되엿스니 혁명을 실노 슳혀 흘만 ᄒ도다 수십년
경영흔것이 오늘날 내 나라ᄒ로 ᄒ여곰 이디경에 결단나게 되니
나는 실노 붓그럽게 녁이노라ᄒ얏더라 가련ᄒ다 뜻이 놉고 힝실이
조촐ᄒ며 셰샹일에 오활흔 덕랑덕ᄉ당이 드디여 산악당의게 몰닌
배되여 일노부터셔는 파려의 란민과 산악당이 빅장이나 놉흔 파도
ᄀᆺ흔 형셰로써 뎌 공화의 셩을 급히치니 그 셩우희 셧ᄂ 라란부인
과 덕랑덕ᄉ당이 드디여 흉흔 파도와 모진 풍랑에 쓸니여 업셔지지
아닐수 업더라

시셰는 비록 날노 글너가되 뜻과 긔운은 조도곰 즐지아니ᄒ니 라란
부인이 더욱 힘을 다ᄒ야 그 휘하의 모든 호걸을 고동 식이며 흥상
셔로 말ᄒ여 ᄀᆯᄋ디

〈23〉

우리가 오늘날에는 능히 스스로 구원홀수도 업게 되엿스나 그러나 목숨이 오히려 살아 잇스니 우리가 우리 나라홀 구원ᄒ지 안닐수 업도다 ᄒ더라 그ᄯᅢ에 의원에는 포렬스 등이 잇고 정부에는 라란 등이 잇셔 질셔를 회복ᄒ고 공화를 확실히 세우고 요란을 제어 ᄒ기로 써 다 쥬의를 숨앗스나 대스가 임의 글너졋스미 가히 다시 만회홀수 업ᄂᆫ지라 라란부인의 일홈을 의원에셔 침 밧흐며 욕ᄒᄂᆫ바 되고 마랍등이 쥬필ᄒᄂᆫ 신문에도 릉욕ᄒᄂᆫ바 되여 자조 거즛말노 얽어잡아 라란부쳐를 무함ᄒ미 흥상 ᄌᆞ긱이잇셔 그부쳐의 문ᄯᅡᆫ에 츌입ᄒ더니 일쳔칠빅구십삼년 일월 이십일일에 니르러는 산악당이 드디여 승셰하야 로역왕십륙의 머리를 단두디 우희셔 버리니 뎍랑뎍스 당파가 비록 분격밍렬ᄒ게 크게반디 ᄒ엿스나 ᄆᆞᆺ춤내 구원홈을 엇지못ᄒ고 그 이튼날에 라란이 드디여 스직ᄒ다

로역왕의 죽음은 뎍랑뎍스당의 함몰홀 시초라 뎌 산악당이 임의 파려의 시민ᄀᆞ온디 셰력을 오리 졔츅ᄒ엿고 ᄯᅩ ᄯᅳᆺ을 세우기를 몬져 왕을죽이고 다음에는

덕랑덕스당을 업시여 써 전제를 요란케ᄒᆞᄂᆞᆫ 뜻를 쾌ᄒᆞ게 ᄒᆞ리라
ᄒᆞ엿더니 오월 금음날 밤에 포교를 라란의집에 보내니 라란은 긔미
를 알고 도탈ᄒᆞ고 부인은 드디여 잡히여 온유ᄒᆞᆫ 말노써 ᄉᆞ랑ᄒᆞᄂᆞᆫ쫄
과 비복등을 위로ᄒᆞᆫ후에 알비옥에 갓치다
부인이 옥중에 잇셔셔도 죠곰도 두려워 흠도업고 속샹흠도 업고
덕모손의 영ᄉᆞ시와 포의특긔의 영웅젼과 겸모의 영국ᄉᆞ긔와 셔리
돈의 ᄌᆞ뎐등을 가져다가 좌우에 놋코 ᄆᆡ일 글 읽으며 글짓기를 조
곰도 쉬지아니ᄒᆞ며 써로 파려에 소요ᄒᆞᆫ 소리를 가만이 드르며 ᄆᆡ양
새벽 종소리가 처음 날쎄에 니러나 그날 신문을 보고 나라일이 날
마다 글너가며 덕랑덕스당의 명믹이 죠석에 급박흠을 보고 허희탄
식ᄒᆞ며 강긔ᄒᆞ야 눈물이 줄줄흐르더라 이쎄에 부인이 스스로 ᄆᆞ음
을 즐겁게 ᄒᆞ기ᄂᆞᆫ 오직 셔젹과 화초쑨이오 부인이 옥중에셔 악의악
식ᄒᆞ며 잇ᄂᆞᆫ돈은 다 훗허 가난흔 죄슈를 주고 다만 쏫과 칙은 평싱
에 즐겨 됴화ᄒᆞᄂᆞᆫ고로 싱명갓치 ᄉᆞ랑ᄒᆞᄂᆞᆫ지라 부인이 어려실쎄에
ᄆᆡ양 글을 읽어 ᄌᆞ미가 들 즈음에ᄂᆞᆫ

〈25〉

엇던 사름이던지 못본톄ᄒ고 무슨 일이던지 못 드른톄ᄒ되 오직 그 글읽는 눈으로 써 안치를 구을녀 쏫만보더니 이 두가지 즐기든 일은 죽기까지 긋치지아니ᄒ더라

옥에 잇슨지 이십ᄉ일만에 홀연이·방석ᄒᄂᆞᆫ 령 잇거늘 부인이 종용히 죄슈들을 작별ᄒ고 챠를 몰아 집으로 도라왓더니 안즌 자리가 오히려 덥지 못ᄒ야서 홀연이 다시 두 경찰관이 뒤를 짜라 올줄을 엇지 뜻ᄒ엿스리오 ᄒᆞᆫ 공문을 내여 뵈이ᄆᆡ 다시 잡으라ᄂᆞᆫ 명령이라 이에 다시 상비랍지 옥에 드러가다

므릇 텬명을 알고 스스로 독실히 밋ᄂᆞᆫ쟈ᄂᆞᆫ 온 텬하에 가히 거처ᄒᆞᆯ지 못ᄒᆞᆯ곳이 업고 온 텬하에 가히ᄒᆞᆯ지 못 홀ᄯᆡ가 업ᄂᆞ니 라란 부인이 이 옥에 잇슨지 넉둘을 지내여셔도 오히려 때째로 그윽이 그 동지쟈를 고동식이며 긔운이 조곰도 쇠ᄒᆞᆯ지 아니ᄒᆞᆫ지라 일즉 포렬ᄉ의게 글을붓쳐 ᄀᆞᆯᄋᆞᄃᆡ 내 벗이여 그ᄃᆡᄂᆞᆫ 그 바라든것을 일치말나 뎌 포이 달ᄉ가 비렬비들에서 드듸여 락심ᄒ야 ᄀᆞᆯᄋᆞᄃᆡ 능히 라마를 구원ᄒᆞᆯ지 못 ᄒᆞᆨᄅᆞ고 탄식ᄒᆞᆫ것을 쳡은 취ᄒᆞ지아니ᄒᆞᄂᆞᆯ라 ᄒᆞᄋᆝᆮ더라

부인이 옥중에셔 더욱 칙과 꼿츠로 써 쇼일ᄒ고 ᄯ 영어도 비ᄒ며
그림도 비ᄒ고 쎠로 혹 옥리의 안희를 좃차 거문고 를 ᄐ눈톄 ᄒ며
ᄒ번 톨졔 셰번식 탄식ᄒ니 듯눈쟈 눈물을 흘니더라 일쳔칠빅구십
삼년 가을에 혁명의 밋친물결이 흔텬동디ᄒ니 목 베눈 틀은 사름의
피를슬혀ᄒ고 포룡하슈눈 사름의 고기에 막혓스미 비린 바람은솔
솔불고 슲흔비눈술술오눈 시졀이라 몸으로 써 나라에 허락ᄒ 이
렬녀가샹비랍지 옥중에 잇셔 날이 길기눈 일년ᄀ치흔디 신셰의 편
안ᄒ며 위터ᄒ거슨 치지도외ᄒ지 오래고 일신의 지낸 일을 고요히
싱각ᄒ며 젼국 쟝리 일을 묵〃히 헤아리다가 드디여 조희를 펴고
붓을 들어 ᄌ긔젼과 혁명괴ᄉ와 인물일화 세 칙을 져슐ᄒ엿더니
그ᄯ에 영국의 유렴이라눈 녀인이 부인을 옥중에셔 차자보고 도라
가 그 일을 긔록ᄒ여 ᄀᆯ ᄋ티

라란부인이 샹비랍지 옥중에 잇셔셔 일신의 당흔일은 조곰도 원망
홈이 업고 협착흔 간속에 잇셔도 쟝쾌흔 담론ᄒ기를 대신관뎨에
잇슬째와 흔ᄀᆯ갓치 ᄒ고 칙샹우희 여러권 칙이 잇스니 내가 차자
드러갈째에 맛춤 포이특긔의

영웅젼을 닑으미 그 목소리가 금셕에셔 나는듯 ᄒ지라 내가 방야흐
로 위로코져 ᄒ랴든ᄎ에 부인이 텬리를 즐거워ᄒ며 텬명을 알아
쇄락히 스스로 안심ᄒᄂ뜻으로 내게 말ᄒ얏고 민나죵에ᄂ 내가 그
열세살된 스랑ᄒᄂ 쏠의 소식을 무른즉 부인이 홀연이 눈물를 먹음
고 거의 목이 메여 능히 말을ᄒ지 못ᄒ니 슯흐도다 그 굉장ᄒ고
밍렬흔 위엄과 일홈이 온 셰샹에 진동ᄒᄂ 라란부인이 이러튀시
다졍ᄒ고 인이흔줄을 뉘가 알앗스리오 ᄒ엿더라

십월삼십일일은 곳 덕랑덕ᄉ당의 일홈난 션비 이십이인이 나라흘
위ᄒ야 죽은 날이라 부인이 샹비랍지 옥에셔 강사ᄉ려 옥으로 올마
일노브터 여러번재 문쵸를 당ᄒ고 민 나죵 공판ᄒᄂ 젼날에 엇던
변호ᄉ가 부인을 위ᄒ야 변호ᄒ여주고져ᄒ야 옥즁에 차자왓거늘
부인이 ᄌ긔 팔ᄌ를 임이 작뎡ᄒ얏스니 무익흔 변호를ᄒ야 흔갓
그 몸을 위틱ᄒ게말나 권ᄒ고 지환을 벗셔주며 샤례ᄒ더라

그 이튼날은 맨 나죵 공판ᄒᄂ날이니 부인이 눈 ᄀ치 흰옷슬 닙고
법뎡에 나아갈시 그 반만큼 홋터진 머리와 물결ᄀ혼 억기와 푸르스
럼흔 두눈이 눈ᄀ혼

〈28〉

옷스로 더부러 셔로 은영ㅎ엿스니 흔번 보매 자못 흔 스므나믄살이나 된 절더가인ᄀ더라 법관이 여러가지 거즛 증거로 써 부인을 모함코져ㅎ되 부인이 이쎠에 디답흔 언변은 실노 법국 혁명ㅅ 가온더 가장 슯흐고 웅장흔 글이 되엿스니 그 대지가 덕랑덕ㅅ당의 거동으로 써 하늘을 우러러보며 짜흘 굽어보아도 붓그러온 거시 업게흔지라 민 나종에 됴혼말노 굴ㅇ디

무릇 진실ㅎ고 공정흔 대인은 흥샹 ᄉ경과 ᄉ욕을 바리고 몸을 동포의게 밧치고 그 보응은 천년이후에 밧ᄂ니 내 이졔 여러분의 션고ㅎ기만 기다리고 후회홀바 업거니와 그러나 대인군ᄌ가 목베는 디우회 몸을 밧치는 날이 곳 대인군 ᄌ가 승젼ㅎ고 도라오는 날이라 오늘날 이러케 더럽고 흐리고 혼잡ㅎ고 어즈러히 사롬의 피로써 슐과 쟝을 습는 이런 세샹을 내가 버리고 써나기를 심히 즐거워ㅎ고 련련 홈이 업거니와 내 오직 내나라 빅셩이 속히 진실ㅎ고 공정흔 ᄌ유를 엇기만 축슈ㅎ노라 하ᄂ님이여 하ᄂ님이여 내려다보시고 도으샤 이 흔디방 빅셩을 구원ㅎ옵소셔ㅎ니

〈29〉

이런 열셩이 지극히 ᄀᆫ절ᄒᆞᆫ말을 뎌 불법ᄒᆞᄂᆞᆫ 법관들이 듯고 다 혀를물고 딥답ᄒᆞᆯ바를 아지못ᄒᆞ더니 믓춤ᄂᆡ 미리 들니든 은밀ᄒᆞᆫ 모계가 공화 정톄에 리치못ᄒᆞ다ᄒᆞ고 ᄉᆞ형에 션고ᄒᆞ니 부인이 엄슉히 니러서며 ᄀᆞᆯᄋᆞᄃᆡ

여러분이여 내가 녜로브터 나라ᄒᆞᆯ 위ᄒᆞ야 피를 흘닌 큰 인물들과 ᄀᆞᆺᄒᆞᆫ 금식가 되ᄂᆞᆫ줄노 즐겨 알아쥬랴ᄂᆞᄂᆞᆉ 내 여러분의게 깁히 샤례ᄒᆞ노니 나는 오직 뎌 큰인물들이 죵용히 올ᄒᆞᆫ일에 나아가 죽ᄂᆞᆫ 터도를비화 력ᄉᆞ상에 붓그러움이 업기를 원ᄒᆞ노라 ᄒᆞ얏더라

이날에 옥즁으로 도라가 일만 싱각을 다 거두어 치이고 두어쟝 글을 지어 친ᄒᆞᆫ친고의게 붓치고 쏘 그 ᄉᆞ랑ᄒᆞᄂᆞᆫ ᄯᆞᆯ의게 ᄒᆞᆫ 편지 ᄭᅳᆺᄒᆞ 머리 말에 ᄀᆞᆯᄋᆞ되

너는 맛당히 부모의게 욕되지 아니ᄒᆞᆯ거슬 싱각ᄒᆞ라 너의 량친이네 몸에 모범을 씻쳐 주엇스니 네가 만일 이 모범을 비화 그ᄃᆡ로 ᄒᆡᆼᄒᆞᆯ진ᄃᆡ ᄯᅩᄒᆞᆫ 가히 ᄡᅥ 뎐ᄃᆡ간에 헛되이 난것이 되지 아니리라 ᄒᆞᆯ엿더라

이튼날은 일쳔칠빅구십삼년 십일월 구일이라 라란부인이 함거를 ᄐᆞ고 단두ᄃᆡ

로 향ᄒ여 갈식 그쩨에 부인의 흉중에 쁜세상의 싱각은 다 쯘처지고
흔가지로 청정ᄒ고 쇄락ᄒ야 엇더타고 홀길이 업ᄂᆫ 이샹스러운 감
격흔 ᄉ샹이 죠슈ᄀᆺ치 솟스미 부인이 긔록ᄒ고져ᄒ야 지필을 구ᄒ
니 관쇽들이 허락지 아니흔지라 후세의 군ᄌ들이 듯고 흔탄ᄒ더라
셔양 법례에 무릇 남녀가 흔쩨에 ᄉ형에 쳐 ᄒ게되면 계집을 만첨
ᄒ고 사나히를후에 ᄒ기ᄂᆫ 만첨 죽이ᄂᆫ쟈의 참혹흔 형상을보고 무
셔워 썰지안케 홈이라 그 부인과 ᄀᆺ치 흔 슈레에 틱고 오ᄂᆫ 엇던
남ᄌ가 썰며 낫빗치 업셔지거눌 부인이 불상히 녁여 굴ᄋᆞ디 청컨딘
그디가 만첨 나아가 죽어 나의 피 흘니ᄂᆫ 형상을 보고 ᄆᆞ옴을 고롭
게 ᄒ지 말나ᄒ고 이에 휘ᄌ슈의게 빌어 흔번 그 ᄎ셔를 밧고아ᄒ
라 ᄒ엿스니 슯ᄒ다 그 사롬을 ᄉ랑ᄒ야 의긔잇고 협긔잇ᄂᆫ ᄆᆞ옴이
죽도록 변치아니홈이 이러틋ᄒ니 비록 이런 조고만 일에라도 쏘흔
그 평싱 일을 가히대강 알너라
칼 아래셔 바람이 니러나며 피가 쑤리미 머리 흔긔가 임이 쩌러지
고 부인이

그 다음에 디에 올나가셔 얼핏보니 그 디우희 거대흔 우상이 잇는
디 글을 쎠 골ᄋ디 즈유ᄒᄂ는 신이라 ᄒ엿거늘 부인이 압흐로 나아
가 흔번 읍ᄒ고 말ᄒ야 골ᄋ디

오호라 즈유여 즈유여 텬하고금에 네 일홈을 빌어 힝흔 죄악이 얼
마나 만흐뇨 ᄒ엿더라

번기 ᄀᆺ흔 칼을 흔번 두루미 스십일년에 장쾌ᄒ고 의리잇는 싱명을
ᄯᆫ허 버리니 이에 라란부인이 영원히 력ᄉ상의 사롬이 된지라 부인
이 나라흘 위ᄒ야 순절 흔후에 그부리든 녀죵 ᄒ나와 남죵 ᄒ나히
스스로 법뎡에 드러가 부인을 좃차 죽기를 쳥ᄒ엿고 ᄯᅩ 덕랑덕ᄉ당
의 명ᄉ 포렬ᄉ는 혼졀ᄒ야 불셩인ᄉᄒᆫ지 십여일이 되엿고 ᄯᅩ 부인
이 순졀 흔지 수일후에 파려로 부터 로안으로 가는 큰길겻희 검으
로 가슴을 쐬뚤고 죽은쟈는 곳 라란이라는 그사롬이러라

신ᄉ씨 골ᄋ디 내가 라란 부인젼을 초잡으매 엇더타고 홀수가 업는
빅쳔만이나 되는 감격흔 ᄉ상이 내 뇌슈를 쎌으고 격동ᄒ야 날로
ᄒ여금 홀연

이 노래ᄒ며 홀연이 춤추며 홀연이 원망ᄒ며 홀연이 노ᄒ며 홀연이
두려워ᄒ며 홀연이 슮흐게 흠을 씨닷게ᄒ도다 대기 법국의 대혁명
은 실노 근셰에 구쥬의 뎨일 큰일이라 엇지 근셰에ᄯᅵᆫ이리오 고왕금
리에 아조 업든일이오 엇지 구쥬에ᄯᅵᆫ이리오 텬하만국에 아조 업든
일이라 수쳔년동안 젼졔ᄒ든 판국을 업시고 빅년이리에 ᄌ유ᄒᄂ
정치를 시작ᄒ매 그 여파가 팔십여년에 ᄲᅥᆺ쳣고 그영향이 수십여국
에 밋쳐셔 쳔빅년후의 력ᄉ가들이 일노 써 인류의 시 긔원 되ᄂ
흔 긔넘물노 영영이 슴게 되엿스니 엇지 그러케거룩ᄒ고 이거슬
발긔 ᄒ쟈ᄂ 이에 흔 구〃흔 셤셤약질읫 녀ᄌ라 그 라란부인이 무
슴 신긔흔 힘이 잇셔셔 능히 덕랑덕ᄉ의 온당파를 총찰ᄒ며 법국의
젼국을 총찰ᄒ며 ᄯᅩ 구라파 젼쥬에 빅년동안의 인심을 총찰ᄒ엿ᄂ
지 내 조곰도 알수업도다 오호라 영웅이 ᄯᅢ를 ᄆᆫᄃᄂ냐 ᄯᅢ가 영웅
을 ᄆᆫ다ᄂ냐 나ᄂ 반ᄃ시 ᄯᅢ를 ᄆᆫᄃᄂ 영웅을 능히 ᄆᆫᄃ러내ᄂ ᄯᅢ
가 잇ᄉᆫ연후에야 영웅이 이에 일을홀수가 잇다ᄒ노라 그러지아니
ᄒ면 라란부인이 뎌러ᄐ시 다졍ᄒ고 뎌러ᄐ시

즈션흔 졀디가인으로셔 로역왕십륙이 쳐음 즉위ᄒᆞᆺ슬 씨에도 은근히 다스리기를 바라며 정부의 정칙을 익써 언론ᄒᆞ든이가 맛춤내 ᄀᆞ쟝 참혹ᄒᆞ고 ᄀᆞ쟝 위티흔ᄯᅡᆼ에 투신ᄒᆞ고도 엇지 후회홈이 업셧스리오 그러나 라란부인이 맛춤내 이일노 써 죽엇스니 대뎌 몸으로 써 나라에 허락ᄒᆞ엿다가 나라 일에 죽는거슨 부인의 ᄯᅳᆺ이나 왕의 당파의게도 죽지안코 귀족당파의게도 죽지안코 평민당파의게 죽엇스며 혁명이 실패ᄒᆞ엿슬씨에는 죽지안코 혁명이 잘된 후에 죽은 것은 부인의ᄯᅳᆺ이 아니라 부인이 능히 ᄲᅢ를 ᄆᆞᆫᄃᆞ러 내엿거늘 엇지 능히 동ᄒᆞ게는 ᄆᆞᆫ들면셔 능히 안졍ᄒᆞ게는 ᄆᆞᆫ들지 못ᄒᆞ며 ᄯᅩ 능히 요란ᄒᆞ게는 ᄆᆞᆫ들면셔 능히 평화ᄒᆞ게는 ᄆᆞᆫ들지 못ᄒᆞ엿느뇨 이것은 ᄇᆡᆨ셩이 잘못홈으로 말미암아 그러 홈이니 부인을 허물홀것은 아니로다 그윽히 의론컨더 일쳔칠백팔십구년의 법국 혁명은 일쳔륙백륙십년의 영국 혁명으로 더브러 그 일이 셔로 ᄯᅩᆨ ᄀᆞᆺᄒᆞ니 그 화근이 그젼 임군의 젼졔ᄒᆞ든 시더브터 된것도 셔로ᄀᆞᆺ고 그 격렬흔 변이 지금 임군의 거줏긔혁으로 말미암아 된것도 셔로ᄀᆞᆺ고 그 발

동ᄒ는 힘이 왕과 의회가 다토는더셔 니러난것도 셔로ᄀᆺ고 그 왕이
도망ᄒ다가 잡히고 ᄯᅩ 잡히여 죽인것도 셔로ᄀᆺ고 혁명된후에 곳쳐
공화졍치가 된 것도 셔로ᄀᆺ고 공화졍치가 곳 되엿다가 곳 폐ᄒᆫ것도
셔로ᄀᆺᄒ되 오직 그 국민의 향복ᄒᆫ 결과인즉 량국이 현슈히 다르니
영국은 혁명ᄒᆫ후에 헌법졍치가 확실이셔고 인민의 실업이 쎨니 진
취되고 나라의 위엄이 크게진동ᄒᆼ엿고 법국은 혁명ᄒᆫ후에 더욱 두
려운 시더가 되여 피 흔젹이 쟝구히 그나라 ᄉ긔를 물드려 쳔빅년
후에 듯는쟈도 오히려 ᄃ리가 썰니며 코가 시게ᄒ니 엇지ᄒᆞ야 이러
ᄒ고 영국사롬은 능히 스스로 다스리되 법국사롬은 능히 ᄒ지못홈
이라 능히 스스로 다스리는 빅셩은 평화에도 잘ᄒ고 란리에도 ᄯᅩᄒᆫ
잘ᄒᄂ니 평화시더에는 졈졈 나아가고 란리시더에는 쎨니 나아가
고 능히 스스로 다스리지못ᄒᄂ는 빅셩은 진실노 가히 평화도 누릴수
업고 ᄯᅩᄒᆫ 가히 란리도 의론홀수 업ᄂ니 평화시더에는 그 백셩의
긔운이 나타ᄒᆞ야 나라이 쇠잔ᄒ고 란리 시더에는 그 빅셩의 긔운이
쇼요ᄒᆞ야 나라이 위ᄐᆞᄒᆫ지라 공즈 굴ᄋ샤더

졍亽를 ᄒᆞᄂᆞᆫ것이 사ᄅᆞᆷ의게 잇다ᄒᆞ시니 엇지 그러치 아니리오 그런고로 공덕도업고 실력도업는 ᄇᆡ셩을 셔로 거ᄂᆞ리고 란리에 나셔면은 칼을 가지고 그 나라 명ᄆᆡᆨ을 버혀 낼ᄲᅮᆫ만 아닐지니 그런즉 셔로 거ᄂᆞ리고 귀슌ᄒᆞ며 복죵ᄒᆞ여 평화를 구홈이 가ᄒᆞ냐 이것인들 ᄯᅩ 엇지 능히ᄒᆞ리오 셰계졍치의 진보됨이 임의 둘지층ᄭᅥ지 니르엇스니 그 영향을 진실노 피ᄒᆞ랴도 피ᄒᆞᆯ수 업스민 엇지 ᄒᆞᆫ두사ᄅᆞᆷ의 힘으로 능히 막으리오 亽긔가 임의 급박ᄒᆞ야 가히 바랄것이 업셔 평화ᄒᆞ드리도 결단날터이오 란리가 되드리도 결단날터이니 이러모로 졔갈공명이 말 ᄒᆞ기를 안져셔 망홈을 기ᄃᆞ릴바에야 처보너니만 못ᄒᆞ다홈이라 그러치 아니ᄒᆞ면 법국 대혁명의 참혹ᄒᆞᆫ것은 비록 ᄇᆡ년이후 오늘날에 우리 동방나라 ᄇᆡ셩들이 드러도 ᄯᅩᄒᆞᆫ ᄆᆞ음이 썰니거든 그 당시에 구쥬 렬국이야 엇지 알지못ᄒᆞ고셔 온 구라파에셔 분주히 그 뒤을 넓아 지금 십구셰긔의 하반긔에 니르기 ᄭᅥ지 그 바람이 오히려 긋치지 아니ᄒᆞ엿스리오 대개 ᄇᆡ셩의 지혜가 ᄒᆞᆫ번 열니면 고유ᄒᆞᆫ 권리와 고유ᄒᆞᆫ의무를 엇지못ᄒᆞ고 다ᄒᆞ지못

〈36〉

ᄒ고셔는 능히 편안치못홀줄을 사롬마다 다 스스로 아ᄂᆞ니 그ᄯᅥ에
법국왕과 법국 귀족들이 이ᄯᅳᆺ을 알앗드면 법국이 엇지 이런 춤혹ᄒᆞᆫ
디경에 니르럿스며 ᄯᅩ 그후읫 구쥬 각국의 임군과 귀족들이 이ᄯᅳᆺ을
알앗드면 그후읫 구쥬각국이 엇지 이런 참혹ᄒᆞᆫ 디경에 니르럿스리
오 뎌 임군들과 뎌 귀족들이 이ᄯᅳᆺ을 아지못ᄒᆞ얏ᄂᆞ디 만약 빅셩들이
ᄯᅩᄒᆞᆫ 셔로귀슌ᄒᆞ고 복죵ᄒᆞ야 평화ᄒᆞ기만 구ᄒᆞ얏드면 구쥬각국도
지금에 ᄯᅩᄒᆞᆫ 캄캄ᄒᆞᆫ 시더가 되엿슬 ᄯᅡ름이로다 압희 슈레가 임의
샹ᄒᆞ엿스더 뒤슈레가그냥 나아가니 구라파 중원에 모든 임군들과
귀족들이 사라스왕 데일과 로역왕 십륙의 일을 아지못ᄒᆞᄂᆞᆫ바 아니
로더 편벽되이 그 뒤를넓아 ᄒᆞ로라도 그 위엄과 복을 희롱코져 홈
으로 그 요란홈이 칠팔십년에 ᄲᅥ쳐 긋치지아니 ᄒᆞ엿도다 슯흐다
라란부인젼을 닑는쟈여 놉흔 디위에 잇ᄂᆞᆫ쟈의 보슈 쥬의를 가진쟈
난 다맛당히 빅셩의 바라는 것을 가히일치 못홀것시오 빅셩의 노홈
을 가히 범치 못 홀것이 뎌러툿 ᄒᆞᆫ줄을 싱각홀지어다 진실노 구구
히 평안 홈을 엇으려 ᄒᆞ며 우믈 주믈 ᄭᅮᆷ여 대며 잣고

탐학ᄒ며 자루 압졔ᄒ면은 반ᄃ시 법국과 ᄀᆺ치 ᄒ로니에 귀족과 왕의 당파 쳔여인을 형벌ᄒ야 목 버힌 시톄가 들에 가득ᄒ고 참혹ᄒ 피가 개쳔을 막게되여 그졔는 ᄒ 농부나 되고져ᄒ여도 홀수업게 될지니 상채짜에 누른 개를 두고 탄식홈과 화뎡짜에 학의 소리를 듯고 놀낸거시 능히 ᄆ음에 경겁ᄒ지 아니ᄒ랴 스스로 이런 근인을 ᄆ둘고 스스로 이런 결과를 취ᄒ고셔야 엇지 사롬의 힘으로 능히 피홀것이리오 ᄂ즌 위에 잇ᄂ쟈의 진취쥬의를 가진쟈는 맛당히 빅셩의 긔운은 임의 동ᄒ여셔는 안졍케ᄒ기 어려우며 빅셩의 심덕은 훗허지게 ᄒ기는 쉬워도 밋치게ᄒ기는 어렵기가 이러툿 ᄒ줄을 싱각홀지어다 진실노 평일에 양셩ᄒ거슨 업시 일죠에 시셰가 급박ᄒ게되여 급작이 대번치기로 그 몸과 그 나라홀 던져 ᄇ리면은 반ᄃ시 법국의 그날과ᄀᆺ치 셔로 살륙ᄒ며 오늘에는 동긔가 되엿다가 ᄅ일에는 원슈가 되여 스스로운 리익만 닷토아 취ᄒ야 무졍부의 상티가 변ᄒ여 될지니 그졔는 비록 뜻이 아름답고 힝실이 조촐ᄒ야 나라홀 근심ᄒ며 몸을 니져ᄇ리는 ᄒ 두 션비가 잇슬지라

〈38〉

도 광픽혼 힝동을 엇지 능히 만류ᄒ리오 슯흐다 란리를 면ᄒ기 어
려움도 뎌럿틋ᄒ고 만리를 두려워 홀만홈도 쏘흔 이러틋ᄒ니 사ᄅᆷ
마다 란리를 두려워ᄒ지아니ᄒ면 란리를 맛춤내 면홀수 업ᄂ니 엇
지 그러ᄒ고 웃 사ᄅᆷ이 란리를 두려워ᄒ지 아니ᄒ면 빅셩을 어리셕
게ᄒ며 빅셩을 압졔ᄒ기로만 스스로 능스를 솜아 인ᄒ야 란리의
긔틀을 장만ᄒ고 아래 사ᄅᆷ이 란리를 두려워ᄒ지 아니ᄒ면 란리를
담로홈으로 써 ᄆᆷ에 쾌ᄒ게 녁여 공덕을 멸시ᄒ며 실력을 양셩ᄒ
지 아니ᄒ야 인ᄒ야 란리의 긔틀을 장만ᄒᄂ지라 그런즉 란리를
면ᄒ고져 홀진디 상하가 셔로 두려워 홈을 브리고야 그 무슴 슐법
을 힝ᄒ리오 슯흐다 가시밧혜 구리약디 (나라히망홀것)를 싱각ᄒ
면은 엇지 슯흐지아니ᄒ며 이쳔짜에서 머리 홋흔것(오랑캐짜히될
것)을 보면은 누가 괴슈가 되리오 라란부인이여 라란부인이여 혼
이 신렬홈이 잇거든 맛당히 내말을 슯허홀지로다

번역혼쟈 굴ㅇ디 대뎌 라란부인은 텬하고금에 처음 난 녀즁영웅이
라 뎌가 비록 녀인이나 그 지긔와 그 ᄉ업이 남ᄌ의게셔 지나니
만셰의 ᄌ유도 뎌로 말미암아 활동이 되엿고 텬하의 혁명도 뎌로
말미암아 발긔가 되엿스니 홀노 법국에셔만 ᄌ유의 션각쟈이며 혁
명의 지도쟈이 될뿐 아니라 ᄯᅩ흔 가히 나라에마다 스승이 될거시오
사ᄅᆷ의게마다 어미가 될거시니 우리 대한 동포도 진실노 능히 그
일동일졍과 일언일ᄉ를 다 본밧아 그 지긔를 품고 그 ᄉ업을 힝치
못ᄒ면 엇지 가히 익국ᄒᄂᆫ 지ᄉ라ᄒ며 엇지 가히 국민의 의무라
ᄒ리오 사ᄅᆷ이 셰샹에 쳐ᄒ야 진실노 능히 그 의무를 다흔 연후에
야 방야흐로 가히 사ᄅᆷ이라 닐올지니 뎌 금슈와 벌네를 볼지라도
각기 그 셩품디로 그 의무를 힝ᄒ거든 ᄒ믈며 사ᄅᆷ되고셔야 금슈와
벌네만도 못ᄒ리오 그런즉 사ᄅᆷ의 맛당히 힝홀 의무라 ᄒᄂᆫ것은
무엇인고 굴ㅇ디 제나라홀 ᄉ랑홈이라 무릇 나라의 빅셩된쟈 사나
히나 녀편네나 늙은이나 졀믄이나 물론ᄒ고 각기 스ᄉ로 제몸을
ᄉ랑ᄒ며 제몸에 속흔 일과 물건을 ᄉ랑ᄒᄂᆫ ᄉ랑으로 써 제

몸이 붓터사는 제 나라이나 나라에 속흔 일과 물건을 스랑홀진딘
나라히 가히 흥흐고 강홀거슨 셜명흐지 아니흐여도 사롬마다 스스
로 아는바이어니와 만일 이러케 흐지아니흐면 가히 되지못홀거시
분명흔지라 제몸에 속흔 일은 놈이 말닐지라도 셩취흐기를 열심으
로 바라면셔 엇지 제몸이 붓터사는 제나라의 일은 놈이 권고흐야도
흥복흐기를 힘쓰지 아니흐리오 나라히 흥흐여야 제몸도 스스로 영
화롭고 나라히 망흐고셔는 제몸도 또라 욕되느니 임군이 망흐고
나라히 멸흐는디 니르러는 그 몸이 또흔 엇지 써 홀노 보존흐리오
그러미 나라홀 스랑흐지 안는쟈는 또흔 제몸도 스랑흐지 안는지라
몸과 나라의 관계가 이럿툿흐니 고로 굴ᄋ디 나라홀 쟝챳 흥케흠도
기인의 담임이오 나라홀 쟝챳 망케흠도 기인의 칙임이라 흐는거시
그 그러치 아니흐냐 무릇 이 라란부인젼을 닑는쟈여 녀ᄌ는 그 하
ᄂ님이 픔부흐신 보통지혜와 동등 의무를 능히 ᄌ유흐지 못흐고
규즁에 갓쳐잇든 라약흔 ᄆᆞ음을 흐로 ᄋ춤에 벽파흐고 나아와 이
부인으로써 어미를 숨고 남ᄌ는 그 인류의 고유흔

활동성질과 주유권리를 능히 부지호지 못호고 눔의 아래에 잇기를 둘게녁이든 비루훈 셩픔을 한칼노 베혀 브리고 나아와 이 부인으로써 스승을 숨아 이천만인이 합호야 훈무음 훈뜻 훈몸이 된즉 대한이 구쥬렬강과 더브러 동등이 되지 못홀가 엇지 근심호리오 내가 이글을 닑으미 일쳔만 감동호고 일만번 씨둣는것이 가슴 가온디셔 왈칵왈칵 니러나셔 무음을 진뎡홀수 업스나 오직 그 곤장 관계되는 것을 두어가지 들어 훈번 니러나셔 무음을 진뎡홀수 업스나 오직 그 곤장 관계되는 것을 두어가지 들어 훈번 말호노니 대뎌 법국은 그때에 한국처름 부패호고 위급호지 아니호여셔도 오히려 큰일을 일죠에 니르키엿고 부인은 법국에셔 굴과시 훈낫 시졍의 녀인이로되 오히려 큰 스업을 쳔츄에 세웟스니 호믈며 이때 이 나라의 션비와 녀인들이랴

광무십일년팔월 　일 　발간

발행소 대한미일신보샤

라란부인젼 죵

영인자료

羅蘭夫人傳

- 『근세제일여중영웅 라란부인젼』
  대한매일신보사, 1908.
- 梁啓超,「近世第一女傑 羅蘭夫人傳」
  『新民叢報』(第十七號-第十八號), 1902.

여기서부터는 영인본을 인쇄한 부분으로 맨 뒷 페이지부터 보십시오.

守主義者當念民望之不可失民怒之不可犯也如彼苟其偷安苟且彌縫掩飾股

削無已箝制屢行則必有如法國一日中刑貴族王黨千餘人斷屍徧野慘血塞渠乃

至欲求爲一田舍翁而不可得上蔡黃犬華亭鶴唳能勿驚心目造此因自刈此果豈

人力之所能避也其在下位者持進取主義者當念民氣之既動而難靜民德之易澆

而難結也如此苟無所以養之於平日一旦爲時勢所迫悍然投其身投其國於孤注

一擲則必有如法國當日互相屠殺今日同志明日仇讐爭趨私利變成無政府之現

象雖有一二志勞行潔憂國忘身之士而狂瀾又安能挽也嗚呼、破壞之難免也如彼。

破壞之可懼也又如此人人不懼破壞而破壞逢終不能免矣何也上不懼破壞則惟愚

民爲壓民爲自以爲得計而因以胎孕破壞下不懼破壞則以談破壞爲快心之具弁

髦公德不著實力而因以胎孕破壞然則欲免破壞舍上下交相懼其奚術哉嗚呼念

銅駝於荆棘能不愴然見披髮於伊川誰爲戎首羅蘭夫人羅蘭夫人魂兮有靈當哀

鄙言。

破壞時代則其民氣懾而國以危孔子曰爲政在人豈不然哉故以無公德無實力之
人民而相率以止破壞之途是不啻操刀而割其國脉也然則相率馴伏以求平和可
乎曰是又安能世界政治之進化旣已進人第三級其風潮固欲避不可避而豈能以
一二人之力捍之事機旣迫於無可望平和亦敕破壞亦敕此孔明所以有「與其
坐以待亡孰若伐之」之論也不然法國大革命之慘痛雖以今日百年以後我遠東
之國民聞之猶且心悸豈其當時歐洲列國而無所鑑焉而何以全歐紛紛步其後塵
直至十九世紀下半紀而其風猶未息也蓋民智一開人人皆自認其固有之權利固
有之義務則有非得之非盡之而不能安者使當時法之王法之貴族而知有此義也則
法國何至有此慘劇使後世歐洲各國之君主貴族而知有此義也則後世歐洲各國
何至有此慘劇彼其君主貴族旣不知世義矣
則歐洲各國亦至今爲中世之黑暗時代而已乃迂車已折而來轄方澶歐洲中原之
各君主貴族未嘗不知查理士第一路易第十六之事而偏欲驟其後以弄威福於
曰此所以擾擾至七八十年而未戔也嗚呼吾讀羅蘭夫人傳者甲其在上位者持保

十二

專者夫人之志也乃其不死於王黨不死於貴族黨而死於爭民黨不死於革命失敗

之時而死於革命告成之後則非夫人之志也夫人能造之使勢而何以能造之使動不

能造之使靜能造之使亂不能造之使平曰是由民族之缺點使然不足為夫人病也

竊嘗論之法國千七百八十九年之革命與英國千六百六十年之革命其事最相類

其禍機伏於前王專制時代相類也猶法之有路易十四也

其動力起於王與議會之爭相類也其王逃而被獲獲而被弒相類也革

命後改為共和政治相類也共和政治旋立旋廢相類也惟其國民幸福之結果則兩

國絕異英國革命之後則憲政確立為民業驟進為國威大揚為法國革命後則演成

恐怖時代長以血跡污染其國史使千百年後聞者猶為之股慄為之酸鼻若是者何

也英國人能自治而法國人不能自治之民平和可也破壞亦可也平和時代則

漸進焉破壞時代則驟進焉

荷蘭人於戰後

英國有額白直白女皇其激變由於今王之偽革相

類也

參觀本
論說

夫人殉國後其一婢一僕自投法廷請從夫人以死夫人殉國後狄耶的士黨名士布

列梭昏絕不省人事者經旬夫人殉國後數日由巴黎至盧安之大道旁有以劍貫胸

而死者則羅蘭其人也

新史氏曰吾草羅蘭夫人傳而覺有百千萬不可思議之感想刺激吾腦使吾忽焉所歌

忽焉而舞忽焉而怨忽焉而怒忽焉而懼忽焉而哀夫法國大革命實近世歐洲第一大事

也豈惟近世蓋往古來今未嘗有焉矣豈惟歐洲蓋天下萬國未嘗有焉矣結數千年專

制之局開數百年來自由之治其餘波亙八十餘年其影響及數十國土使千百年後之

史家永以為人類新紀元之一記念物、嘻、何其偉也而發起之者乃在一區區纖纖之

弱女子吾壹不解羅蘭夫人有何神力乃能支配狄耶的士全黨支配法蘭四全國且

支配歐羅巴全洲百年間之人心也嗚呼英雄造時勢時勢造英雄耶吾以為必有

能造出「造時勢之英雄」之時勢然後英雄乃得有所造不然羅蘭夫人以如彼多情

如彼慈善之絕代佳人當路易十六即位之始且殷殷望治謳歌政府政策者何以卒

投身於最慘最劇之場以不悔也雖然羅蘭夫人竟以是死夫既以身許國矣則死國

19

以不辱其親者汝之兩親留模範於汝躬汝若學此模範而有得焉其亦可以不虛生
於天地矣。

翌日爲千七百九十三年十一月九日羅蘭夫人乘囚車以向於斷頭臺其時夫人之
胸中浮世之念盡絕一種淸淨高尙不可思議之感想如潮而湧夫人欲記之乞紙筆
而更不許後之君子憾焉。

泰西通例凡男女同時受死刑則先女而後男盖免其見前戮者之慘狀而戰慄也其
日有與羅蘭夫人同車來之一男子震慄無人色夫人憐之乃曰「請君先就義勿見
余流血之狀以苦君」乃乞劊手一更其次第云嗚呼、其愛人義俠之心至死不渝有
如此者雖小節亦可以槪平生矣。

刀下風起血迸一箇之頭已落夫人以次登臺猛見臺上一龐大之神像題曰自由之
神夫人進前一揖而言曰。

嗚呼、自由自由天下古今幾多之罪惡假汝之名以行

如電之刀一揮斷送四十二年壯快義烈之生涯於是羅蘭夫人遂長爲盧騷之人

兩眼與雪衣相掩映。一見殆如二十許妙齡絕代之佳人。法官以種種之僞証獄讞鞫

夫人夫人此際之答辯實法蘭西革命史中最悲壯之文也其大旨以狄郞的士黨之

擧動俯仰天地無所愧怍最後乃昌言曰

凡眞正之大人物常去私情私慾以身獻諸人類同胞。而其報酬則待諸千載以後

余今者謹待諸君之宣告無所於悔雖然、正人君子獻身於斷頭臺之日是卽正人。

君子置身於凱旋門之日也。今日此等汚濁混亂以人血爲酒漿之世界余甚樂脫

離之無所留戀余惟視我國民速得眞正之自由蒼天蒼天其眷然下顧以救此一

方民哉。

此熱誠切摯之言彼非法之法官聞之皆咋舌不知所對卒以預聞隱謀不利於共和

政體宣告死刑夫人蕭然起立曰

諸君肯認余爲與古來爲國流血之大人物有同一之價値乎余深謝諸君余惟願

學彼大人物從容就義之態度毋爲歷史羞。

是日歸至獄中收攝萬慮作書數通以遺親友其所與愛女書之末句云「汝宜慮所

17

人之肉腥風颯颯慘雨濛濛之時節而此以身許國之一烈女在桑比拉志獄中日長

如年身世安危久置度外乃靜念一身之過去默數全國之人將來遂伸紙吮筆草著

『自傳』『革命紀事』『人物逸話』三書時有英國維廉女史者嘗訪夫人於獄中歸而

記其事曰

羅蘭夫人在桑比拉志獄於一身遇遭毫無所怨尤在狹隘之獄室爲壯快之談論。

一如在大臣官邸時也其案上有書數卷當余入訪時適見其讀布爾特奇英雄傳

聲出金石余方欲有所慰藉夫人以樂天知命洒然自得之義告余及最後余問及

其十三歲之愛女之消息則夫人忽飲淚幾哽咽不能成聲嗚呼夫孰知轟轟烈烈

威名震一世之羅蘭夫人其多情其慈愛有如此也。

十月三十一日即狄郎的士黨之名士二十二人殉國之日夫人自桑比拉志獄移於

康沙士黎獄自是受鞫訊者數次其最後公判之前日有某律師欲爲夫人辯護者訪

之於獄中夫人以已之命運已定勸以勿爲無益之辯護徒危其身脫指環以謝之。

其明日爲最後公判之日夫人着雪白之衣出於法廷其牛掠之髮如波之肩澄碧之

譯之英國史西里頓之字典等鹽諸左右每日誦讀著作未嘗或輟時則靜聽巴黎騷

擾之聲每到晨鐘初報起讀其日之新聞紙見國事日非狄郎的士黨之命迫於旦夕

則欷歔慷慨淚涔涔下此時夫人所以自娛者惟書與花而已夫人在獄中粗衣惡食

所有金錢盡散諸貧囚惟花與書籍則愛若性命蓋生平之嗜好然也夫人劬時每當

讀書入定之際雖何人若不見雖何事若不聞惟屢屢以其讀書之眼轉秋波以向花

叢此兩種嗜好至死不衰。

在獄凡二十四日突然得放免之令夫人從容辭獄囚屬軍歸家何圖席尚未煖忽復

有兩警吏躡跡而來出示一公文則再逮捕之命令也於是復入桑比拉志之獄。

凡知天命而自信篤者舉天下無不可處之境舉天下無不可為之時羅蘭夫人在此

獄者凡四閱月猶時時竊鼓舞其同志氣不少衰嘗致書於布列梭曰「吾友乎君其

毋失望彼布爾達士在腓列比之野遂嗒然發「不能救羅馬」之嘆妾之所不取也」夫

人在獄中益以書與花自遣又學英語學繪畫時或從獄吏之妻假鳴琴一彈三嘆聽

者淚下時千七百九十三年之秋革命之狂瀾驫天撼地斷頭機厭人之血布樀洞塞

六

15

怒潮之勢猛撲彼共和之城其立於城上之羅蘭夫人及狄郎的士黨遂不得不爲此

狂濤駭浪之所淘盡矣。

時勢雖日非。而志氣不稍挫羅蘭夫人愈奮力以鼓舞其麾下諸豪傑常相語曰。我

等今日既不能自救雖然一息尚存我等不可以不救我國。其時在議院有布列棱

等在政府有羅蘭等皆以恢復秩序確立共和制止亂暴爲主義雖然大事已去不可

復挽羅蘭夫人之名爲議院所唾罵爲瑪拉等主筆之報紙所凌辱屢攜誣辭以詔羅

蘭夫　常有刺客出入於彼夫妻之闥。至千七百九十三年一月二十一日山岳黨遂

乘勢譏路易第十六之首於斷頭臺上雖狄郎的士派爲激烈之大反對終不可得救。

其明日羅蘭遂辭職。

路易之死刑實狄郎的士黨覆沒之先聲也。彼山岳黨既久蓄勢力於巴黎市民中立

意先殺王次刈狄郎的士黨以快其亂暴專制之志乃於五月晦日之夜遣捕吏於羅

蘭家。羅蘭聞變脫遁。而夫人遂被逮以溫辭慰諭愛女及婢僕乃入於遏比之牢。

夫人之在獄中也曾無所恐怖無所賴喪取德謨遜之詠史詩布爾特奇之英雄傳讀

宏

會議之一員與羅蘭同僚者也其在民間與望最高其資格正可以當此難局雖然

羅蘭夫人不喜其人謂其太急激不適於今日之用以爲必拒絕此同盟然後狄郎的

士黨之黨勢乃可以得安全盖夫人乃單純之理想家闇於實用故執拗若是亦無

足爲怪者丹頓初時熱心成就此同盟每日必詣夫人之應接室每官僚會集常先期

而至至八月之末共知同盟必不能就遂相絕不復至於是與暴民爲敵之羅蘭夫人

黨不得不更敵暴民之友之山岳黨

彼法蘭西史上以血題名之山岳黨以此年九月初旬屠殺巴黎獄中王黨之囚人以

爲無政府魔神之犧牲至是羅蘭夫人始知爲山岳黨所賣月之五日夫人與一書於

友人曰「我等今已在羅拔士比瑪拉等之刀下」其九日復致一書曰「吾友丹頓君

革命之公敵也彼以羅拔士比爲傀儡以瑪拉爲羽翼握短刀持藥線以刺爆國民嗚

呼妾之熱心於革命卿所知也雖然妾恥之革命之大義爲無道之豎子所汚點革命

實可厭也數十年所經營而今日使我國終於此地位吾實恥之」可憐志高行潔而

迂於世務之狹郎的士黨遂爲山岳黨所掩襲自茲以往巴黎亂民與山岳黨跋扈百丈

四

13

革命之勢愈劇愈急至八月初十日路易第十六終被廢幽囚於別殿王政已倒共和

已立立法議會一變為民選議院遂新置行政會議羅蘭亦復任內務行政官之職廢

王之擧倡之者山嶽黨也而狄郎的士黨亦贊成之

羅蘭夫人之理想今已見於實際以為太平建設指日可待豈意一波未平一波又起

前門拒虎後門進狼在上之大敵已斃而在下之大敵羽翼正成今也羅蘭夫人遂不

得不投其身於已所造出之革命急潮中而被裹被挾被捲以去

河出伏流一瀉千里寗復人力所能捍禦羅蘭夫人既已開柙而放出革命之猛獸猛

獸噬王王斃噬貴族貴族斃今也將張牙舞爪以向於司柙之人夫人向欲以人民之

勢力動議會今握議會實權者人民也飲革命之醉藥而發狂之人民夫人夙昔所

懷抱在先以破壞次以建設一倒專制而急開秩序的之新天地雖然彼高騫遠蹠之

革命巨靈一步復一步增加其速力益响哮馳突以蹂躪蹴踏眞正共和主義之立脚。

地不及二月而羅蘭夫人及狄郎的士黨諸名士皆漸不得不與巴黎之衆民為敵當

此之時其勢力可以彈壓衆民者惟有一人曰丹頓丹頓者山岳黨之首領而行政

耳。太臣不過王之一傀儡耳。夫人不獨疑王也。無論何人。凡與貴族黨有關係者皆

疑之時有一老練之外交家焦慮力者引其友以見夫人旣退夫人語人曰「彼輩諸

好男兒面有愛國之容口多蜜國之語以吾觀之彼等非不愛國也雖然愛國不如其

愛身吾不願我國中有此等人」

以眇眇一羅蘭夫人驅其夫驅其他諸大臣驅狄郎的士全黨使日與王路易相遠。至

是年六月而王與新政府之衝突已達於極點先是四月已與奧大利宣戰。戰不利人

心洶洶而國內頑固敎士多不肯奉守新憲法事機愈紛紛岌岌政府乃提出二大政

策一日由巴黎各區募新兵二萬以防內訌外敵保衛都城二曰凡不從憲法之敎民

皆放逐之於境外王路易不許羅蘭夫人以爲狄郎的士黨對於朝廷之嫉背當以此

方案之行否爲斷乃促羅蘭聯合閣員上書於王言若欲安國家利社稷宜速實行此

案不然則臣等惟有乞骸骨不復能爲王馳驅矣此奏議文筆精勁詞理簡明論者謂

法蘭西史中公牘文字以此爲第一云其屬稿者實羅蘭夫人也果也路易第十六剛

慎不用至六月十三日令新政府遂總辭職。

11

傳記

近世第一女傑 羅蘭夫人傳

一女傑 羅蘭夫人傳 （續第十七號）

中國之新民

昔也地方一小商務官之妻今也爲將傾之路易朝內務大臣之夫人羅蘭夫人之勢
力至是益盛其家常爲狄郎的士黨之集會所夫人日則招集諸黨派夜則鞠躬盡瘁。
以助良人之職務羅蘭每與其同僚有所計議必請夫人同列其席內務大臣公案上。
狼藉山積之重要文牘一二皆經夫人之手然後以下諸秘書官凡提出於議會及閣
議之報告書者由夫人屬草凡政府出刊之官報皆由夫人指揮其方針監督其業務。
使當時新政府之動力日趨於共和理想者皆羅蘭夫人爲之也法國內務大臣之金
印佩之者雖羅蘭然其大權實在此紅顏宰相之掌握中矣。

羅蘭夫人以爲改革之業決非可依賴朝廷故他人雖或信路易夫人決不信之彼嘗
言曰『吾終不信彼生於專制之下以專制而立之王能實行立憲政治』羅蘭之初爲
大臣也見路易則欣欣然有喜色歸語夫人夫人曰『君其被愚矣政府不過一酒店

於議場平坦之地。故得此名。實平凡之人物所結集也。二曰山嶽派以占議場之高席。

故有此名。實極端急激派。而此後以血塗巴黎之人。如羅拔士比、丹頓、馬拉亞輩皆此

派之錚錚者也。三曰狄郎的士派以其議員多自狄郎的士之地選出故有此名。此派

當時最有勢力布列梭布科魯卡埃、諸賢皆出於此中其人率皆受布爾特奇英雄傳

及廬梭民約論之感化年少氣銳志高行潔以如鏡之理想與如裂之愛國心相結而

鼓吹之操練之指揮之者。實爲羅蘭夫人狄郎的士派之黨魁名則羅蘭寶則羅蘭夫

人此歷史家所同認也。

至是內外之形勢益急禍迫眉睫彼奄奄殘喘之路易第十六乃不得不罷斥誤國舊

臣而代之以民黨於是羅蘭以與望所歸被舉爲內務大臣時千七百九十一年三月。

夫妻受命移居於官邸羅蘭之入謁內廷也服常服戴圓帽履舊靴如訪稔熟之親友

者然宮中侍者莫不失驚。

（未完）

八

此七月間既徧交諸名士旣盟於所謂同胞會者。又屢聽俱樂部之演說。與國會之討

論夫人懷革命進行之遲緩也則大憤激乃致書於布列梭曰。「我所愛之士亞羅乎。

按士西羅者羅馬民政之領袖也當時羅蘭夫人及其同志以心醉共和政治故焚書簡常以希臘羅馬共和時代之名人相呼投卿之筆於火中翻然以入於

草澤乎今之國會不過腐敗壓塊之一團耳今日之內亂耶猶早已非凶事我等固死也。

有內亂或猶得而蘇甦之今也無內亂則無自由我等猶懼內亂耶猶避內亂耶」此

實夫人當時急進之情形也。夫人以為當時實行革命而猶不實行噬悗

路易第十六竊遁去被捕而再歸巴黎夫人既怒國會之因循遂憤然不復入傍聽席其年六月。

益甚竊歎息曰。「我等今日必不可無一度革命雖然人民其果猶有此魄力與否吾

甚疑之」自是怏怏恭偕其夫共歸里昂歸途撤布羅拔士比之革命檄以激大眾

夫妻歸里昂之月杪解散國會而別開所謂立法議會者以七百四十五名之新議員

組織而成同時工業製造官之缺裁撤羅蘭乃專從事筆舌益盡瘁於愛國之業十二

月。舉家移於巴黎

彼時法國之大權全在立法議會之手而議會中實分三派。一為平原派以其占坐席

之大意。印刷美國布告獨立文無夙無夜自撐之以散布於遠近於是所謂羅家小冊。

子者如雨如霰散落於巴黎里昂之間友人布列梭創一愛國報於巴黎友人占巴尼。

創一自由報於里昂夫人皆爲其主筆呼風喚雨驚天動地號神泣鬼駭龍走蛇而法。

國中央之氣象一變。

千七百九十一年黑昂市以財政困難之故乞援助於國會羅蘭彼舉爲委員於是夫

妻相攜留滯巴黎者七閱月彼等之到巴市其旅館忽爲志士之公會塲友人布列

梭比的阿布科羅拔士比等相率引同志以相紹介每間日輒集會於羅氏之寓夫人

於彼時其舉動如何彼嘗自記曰「余自知女子之本分故雖日日於吾前開集會吾

決不妄參末議雖然諸同志之一舉一動一言一議吾皆諦聽牢記無所遺漏時或欲

有所言吾必囓吾舌以自制」云云嗚呼當此國步艱難之時袞袞英俊圖爐抵掌以

議大計偶一瞥眼則見彼眉軒軒目烱烱風致絕世神光逼人口欲言而唇微囁眼屢

閃而色逾屬之一美人監督於其側夫人雖强自制而其滿腔之精神一身之覽力己

隱然擧示世之好男兒而盧牟之亭毒之矣

七

7

蘭夫人之名以增其光燄也。於是風漸起。雲漸亂。電漸进。水漸湧。讔讔出出！法國革。

命！！嗟嗟咄咄！法國遂不免於大革

命！！！

其時之法國承路易十四十五兩朝之後所播之禍種已熟新王路易十六既有不得

不刈其祖父餘殃之勢火山大爆裂之期將近此處見一縷之烟彼地聞陰陰之響大

亂固巳不可避而新王之柔懦不能調和此破裂而反激之雖有賢相尼卡亞見事不

可爲引身而退於是凼王之優柔內廷權奸之跋扈改革之因循賦斂之煩重生計之

窘迫種種原因相煎相迫人民之忍之也一次復一次其待之也一年復一年卒乃於

千七百八十九年破巴士的之獄解放罪犯而革命之第一聲始唱

巴士的破獄之凱歌即羅蘭夫人出陣之喇叭也夫人以慧眼觀察大局見尼卡亞之

舉動國會之舉動無一可以躊躇滿志者乃距躍忽起以爲革命既起以平生所夢想之

共和主義今已得實行之機會夫人非愛革命然以愛法國故不得不愛革命以爲

今日之法國已死致死而之生之含革命末由於是夫妻專以孕育革命精神弘布革

命思想爲事羅蘭首創一里昂俱樂部夫人自著鼓吹革命之論說撮集盧梭人權論

六

之而令若此。

未幾與羅蘭名福拉底姓 結婚羅蘭者里昂市人全恃自力以自造福命之人也十九

歲即子身游亞美利加 復徒步游歷法國一周其後爲亞綿士之工業監督官常著書

論工商問題嘖嘖有名於國中好旅行 好讀書宅心誠實治事精嚴操行方正自奉質

朴然自信力甚強氣魄極盛亦自幼心醉共和政治故與瑪利儂夙相契至千七百八

十年乃舉結婚之禮時羅蘭四十五歲瑪利儂二十五歲自此瑪利儂以羅蘭夫人之

名轟於世。

羅蘭夫人之生涯以險急而終以平和而始結婚後二年舉一女子未幾羅蘭遷里

昂市工業監督官舉家移於里昂羅蘭之學識人物大爲此地所尊敬時富里昂工商

業衰積之極羅蘭汲汲講整頓恢復之策常有所論著發表已見輿望益高而夫人實

一切左右其間羅蘭之著述無一不經夫人之討論筆削猶復料理家事撫育幼女又

以餘力常從事於博物學植物學蓋羅蘭夫人之一生最愉快最幸福者惟此四五年。

雖然天不許羅蘭夫人享家庭之幸福以終天年也法蘭西歷史世界歷史必要求羅

五

定者雖臨以雷霆萬鈞之力○不能奪其志○而使枉所信○彼之特性則然也○其後此所以

能以纖纖一弱女之身○臨百難而不疑○處死生而不屈○放一文明燦爛之花於黑暗○

法國大革命之洞裏者○皆此精神此魄力爲之也○

彼其讀「布爾特奇」[布爾特奇英雄傳省稱布爾特奇聯西學界之常語也]大西洋彼岸模倣英國憲法新造之美國○而驚其發達進步之速○於是愛平等愛自由○

愛正義愛簡易之一念○漸如然如沸以來○彼於彼女之胸臆間○雖然彼之理想則然耳○而心醉希臘羅馬之共和政治○又竊睨

至於言實事○彼固望生息於革新王政之下○爲王家一忠實之臣○路易十六之即位

也○彼以爲維新之大業可以就○人民之幸福可以期○千七百七十五年麵包之亂○彼猶

咨人民之急激○而祖政府之政策○蓋彼慈愛之人○非殘酷之人也○樂平和之人○非好暴

亂之人也○嗚呼自古革命時代之仁人志士○何一非高尚潔白之性質○具視民如傷之

熱情○苟非萬不得已○夫豈樂以一身之血○與萬衆之血相注相搏相爛以爲快也○望

之無可望○待之無可待○乃不得不割慈忍愛○茹痛揮淚以出於此一途○嗚呼以肺肺

煦之羅蘭夫人○而其究也○乃至投身於千古大慘劇之盤渦中○一死以謝天下○誰謂爲

四

觀此可見一斑矣。

彼之熱心先注於宗教十一歲得講於父母入尼寺（天主教之信女不嫁者所居也）以學教理者一年出

寺養於外祖母家者又一年乃始歸家以彼之慈愛謙遜敏慧故舉家愛之親友慕之。

如是度平和之歲月者有年。

雖然外界之生涯則平和也而其內界之精神忽一大革命起當時法國政界革命之

前驅所謂思想界革命者已膚寸出沒起於此女豪傑有生以前至是愈漲愈劇無端。

而滲入此平和家庭之戶隙而彼神經最敏之一少女已養成一種壯健高尚之原動

力於不知不覺之間矣彼其日以讀書窮理爲事己自悟遺傳權威習慣等爲社會腐

敗之大本曰益厭之日益思破棄之常有一種自由獨立不傍門戶不拾唾餘之氣概。

於是乎其革命亦先自宗教起彼於新舊約所傳摩西耶穌奇蹟首致詰難以爲是誕

妄不經之說教會神甫勸讀耶教證據論等書反覆譬解彼一面讀之又一面讀懷疑

派哲學之學說虛論論不敵實理彼女當十六七歲頃終一掃宗教迷信之妄想但不欲

傷慈母之意故貌循形式旅進旅退於教會蓋其磊落絕特之氣概苟認爲道理所否

3

則精明。有丈夫氣。父母勤儉儲蓄。爲乎和世界中一平祖市民以如此之家。而能產羅

蘭夫人如彼之人物。殆時勢產英雄。而非種姓之所能爲力也。稍長受尋常社會之教育雖然彼以絕世天才。富於理解力想像力。故於規則教育之外其所以自教自育者。所得常倍蓰焉年十歲即能自讀一切古籍。每好讀耶穌使徒爲道流血之傳記亞剌伯土耳其內亂之劇本文家旅行游歷之日記荷馬但丁之詩歌而尤愛者爲布爾特奇之英雄傳

案布爾特奇 Plutarch. 羅馬人。生於西曆紀元後四五十年頃。其所作英雄傳。傳凡五十人。皆希臘羅馬之大軍人大政治家大立法家。而每一希臘人一羅馬人兩兩比較之。故其共得二十五卷。每卷不下萬餘言。實傳記中第一傑作也。其感化人鼓舞人之力最大。近世偉人。如拿破侖與士麥。皆酷嗜之。拿破侖終身以之自隨。無一日不讀。殆與羅蘭夫人等也

常置身卷裏以其中之豪傑自擬每從父母到教堂祈禱必手此書偷讀焉往往自恨不生二千年前之斯巴達雅典則掩卷飲泣父母詫之而不能禁也彼其兄弟姊妹六人不幸悉殤天故夫人少年之生涯極寂寞之生涯也惟寂寞。故愈求親友於書卷之中感情日以增理想日以邃彼後年寄其夫羅蘭一書有云。『妾之多感殆天性然矣生長於孤獨教育之中愛情集注一點愈懺愈深歌哭無端哀樂奔會當尋常兒女忙殺於游。戲術術。於飲食之埴而妾徃徃神馳天地常若有身世無窮之感』云云其少年奇氣。

二

傳　記

近世第一女傑 羅蘭夫人傳

中國之新民

『嗚呼自由自由天下古今幾多之罪惡假汝之名以行』此法國第一女傑羅蘭夫人。臨終之言也。

羅蘭夫人何人也彼生於自由死於自由羅蘭夫人何人也自由由彼而生由彼自由。而死羅蘭夫人何人也彼拿破侖之母也彼梅特涅之母也彼瑪志尼噶蘇士俾士麥。加富爾之母也質而言之則十九世紀歐洲大陸一切之人物不可不母羅蘭夫人十九世紀歐洲大陸一切之文明不可不母羅蘭夫人何以故法國大革命爲歐洲十九世紀之母故羅蘭夫人爲法國大革命之母故。

時則距今百五十年前實西歷一千七百五十四年三月十八日於法蘭西之都巴黎之市般奴佛之街金銀彫工菲立般之家有一女兒揚呱呱之聲以出現於此世界是即瑪利儂名菲立般姓女士而未來之羅蘭夫人也其家本屬中人之產父性良懦母

활동셩질과 즈유권리를 능히 부지ᄒ지 못ᄒ고 눔의 아래에 잇기를 둘게녁이

든 비루ᄒ 셩품을 한갈노 베혀 ᄲᅥ리고 나아와 이 부인으로ᄡᅥ 스승을 삼아

이쳔만인이 합ᄒ야 한마음 한뜻 한몸이 되쥭 대한이 구쥬멸강과 더브러 동

등이 되지 못홀가 엇지 근심ᄒ리오 내가 이글을 낡으미 일쳔번 감동ᄒ고 일

만번 셔돗눈것이 가슴 가온티셔 왈칵왈칵 너러나셔 ᄆᆞ음을 진뎡홀수 업스나

오직 그 구장 관계되는 것을 두어가지 둘어 혼번 말ᄒ노니 대키 법국은 그

ᄯᅢ에 한국쳐름 부패ᄒ고 위급ᄒ지 아니ᄒ여셔도 오히려 큰일을 일죠에 니로

키엿고 부인은 법국에셔 불과시 혼낫 시졍의 녀인이로되 오히려 큰 ᄉ업을

쳔츄에 세웟스나 ᄒ믈며 이ᄯᅢ 이 나라의 션비와 녀인들이랴

광무십일년팔월　일　발간

▲발ᄒ힝소　대한민일션보샤

定價金
신화 수젼

44

몸이 붓터사는 제 나라이나 나라에 속흔 일과 물건을 사랑ᄒᆞᆯ젼딘 나라히 가

히 흥ᄒᆞ고 강ᄒᆞᆯ거슨 셜명ᄒᆞ지 아니ᄒᆞ여도 사롬마다 스스로 아는바여니와 만

일 이러ᄏᆡ 흥지아니ᄒᆞ면 강히 되지못ᄒᆞᆯ거시 분명혼지라 재물에 속흔 일은

놈이 말닐지라도 셩취ᄒᆞ기를 일심으로 바라면서 엇지 제물에 붓ᄯᅥ사는 제 나

라의 일은 놈이 권고ᄒᆞ야도 흥복ᄒᆞ기를 힘쓰지 아니ᄒᆞ리오 나라히 흥ᄒᆞ여야

제물도 스스로 영화롭고 나라히 망ᄒᆞ고셔ᄂᆞᆫ 재물도 ᄯᅡ라ᄉᆞ욕되ᄂᆞ니 임군이

망ᄒᆞ고 나라히 멸ᄒᆞᆫ뒤 무리ᄒᆡ 그 몸이 ᄯᆞ흔 엇지 써 홀노 보존ᄒᆞ리오

그러민 나라ᄒᆞᆯ 스랑ᄒᆞ지 안ᄂᆞᆫ쟈ᄂᆞᆫ 도흔 제금도 스랑ᄒᆞ지 안ᄂᆞᆫ쟈라 몸과 나

라의 관계가 이러ᄐᆞ줄ᄂᆞᆯ 고로 굴으뒤 나라ᄉᆞᆯ 스랑ᄒᆞᆮ 흥ᄒᆡ흥고 지인의 담임이

오 나라ᄒᆞᆯ 쟝ᄎᆞ 망케ᄒᆞᆷ도 지인의 칙임이라 ᄒᆞ는거시 그 그려처 아니ᄒᆞ냐 무

릇 이 라란부인젼을 닑는쟈여 녀ᄌᆞᄂᆞᆫ 그 ᄒᆞ느님이 품부ᄒᆞᆫ 보룡지례와 동

등 의무를 능히 ᄌᆞ유ᄒᆞ지 못ᄒᆞ고 규중에 갓쳐일ᄂᆡᆫ 약혼 마음을 능호 아쳠

애 벽파ᄒᆞ고 나아와 이 부인으로셔 어미숨고 남ᄌᆞᄂᆞᆫ 그 인류의 교유혼

번역혼자ㅣ 골오되 대뎌 라란부인은 텬하고금에 처음 난 녀즁영웅이라 뎌가

비록 녁인이나 그 긔디와 그 소업이 남즛의게셔 지나니 만셰의 즛유도 더로

말미암아 챨흠이 되엿고 텬하의 혁명도 더로 말미암아 발긔가 되엿스니 홀

노 법국에셔만 즛유의 션각쟈이며 혁명의 지도쟈이 될쓴 아니라 또혼 가히

나라에마다 스승이 될만ᄒᆞ시오 사름의 개망다 어미가 될거시니 우리 대한 동포

도 진실노 능히 그 일둉일셩과 **일언일소ᄅᆞᆯ** 족 본밧아 그 지긔ᄅᆞᆯ 품고 그 스

업을 힝치못ᄒᆞᆫ 잇지 가히 ᄋᆞᆷ국혼혼 지사라ᄒᆞᆯᄯᆡ 엿지 가히 국민의 의무라

힝리오 사름이 셰샹에 쳐ᄒᆞ야 진실노 능히 그 의무ᄅᆞᆯ 다ᄒᆞᆫ 연후에야 방야ᄒᆞ

로 가히 사름이라 닐을지니 뎌 금슈와 벌ᄂᆡᄅᆞᆯ 볼지라도 각기 그 셩픔더로

그 의무ᄅᆞᆯ 힝ᄒᆞ거든 ᄒᆞᄆᆞᆯ며 사름되고셔야 금슈와 벌ᄂᆡ만도 못ᄒᆞ리오 그런즉

사름의 맛당히 힝할것은 무엇인고 골오되 져 나라ᄅᆞᆯ 사랑홈을 각기라

무릇 나라의 빅셩된쟈 사나히나 녀편ᄂᆡ나 늙거나 졀믄이나 물론ᄒᆞ고 사랑으로 써 제

스스로 제몸을 사랑ᄒᆞ며 재물에 속흔 일과 물건을 사랑홈으로 써 제

라란부인젼

三九

도 광피흔 형상호 엇지 능히 만류호미오 슘호다 란리를 면호기 어려움도 더

러톳호고 만리롤 두려워 훈만홍도 쓰호 이러틋호니 사룸마다 란리롤 두려워

호지아니홀면 한리를 맛춤내 면훌수 업노니 엇지 그러호고 웃 사룸이 란리

롤 두려워호지 아니호면 빅셩홀 어려셔계홍더 빅셩홀 압졔호기로만 스스로

능소롤 솜아 인호야 란려의 괴롤을 쟝만호고 아래 사룸이 란려롤 두려워호

지 아니호면 라리로 다르게으로써 모으에 쾌호개 녁여 고덕을 멸시호며 실

력올 양셩호지 아니호야 인호야 란리의 괴롤올 쟝만호눈지라 그런즉 란리롤

면호고져 홀젼된 샹하가 셔로 두려워 훔을 비리고야 그 무슴 술법을 힝호지

오 슘흐다 가시밧해 구릭약티 나라히 명홀것 불 싱각호면은 엇지 슘흐지아

니호며 이헌사에서 뎌라 훗훈것 오랑캐따히 된것을 보면은 누가 괴슈가 되

리오 마란부인이여 라란부인이여 혼에 신령홈이 잇거든 맛당히 내말을 슬허

홀저로다

탐학ᄒ며 자루 압ᄌᆡ ᄒ면ᄂ 반드시 법국과 갓치 ᄒ로년에 귀족과 왕의 당파

천녀인을 형벌ᄒ야 뷕 ᄇᆡᆯ 시ᄃᆡ가 들어 그득ᄒ고 참혹ᄒ 피가 ᄀᆡᄉᆞᆯ 막ᄒᆡ

되여 그ᄌᆡ혼 동부나 되고 ᄌᆡ명ᄉᆞ여 춖의 ᄉᆞᄋᆡ돌 츖고, 날녀거시 능히 무요ᄋᆡ 뎡검ᄒ지

두고 탄식ᄒᆞᆷ과 ᄌᆡ명ᄉᆞ여 춖의 ᄉᆞ이돌 츖고, 날녀거시 능히 무요ᄋᆡ 뎡검ᄒ지

아니ᄒ랴 스스로 어린 구인을 문돌고 스스로 ᄃᆞ런 졀과 ᄎᆡ기고셔야 엇지

사ᄅᆞᆷ의 힘으로 능히 ᄑᆡᄒᆞᆯ것이리오 능존 위ᄋᆡ 잇돌쟈와 졍ᄒᆡ쥬삭ᄉᆞᆯ ᄀᆞ젼쟈ᄂᆞᆫ

맛당히 법셩의 긔운은 임의 동요ᄒ여돌 안졍케ᄒᆞ며 어려우며 ᄇᆡᆨ셩의 심덕은

흣허지ᄒᆡ 흐기돌 쉬위도 밋ᄎᆡ ᄀᆡᄒ거ᄂᆞᆫ 어럽기ᄂ 이러듯 흐ᄒᆞᆫᄃᆞᆯ 셩장ᄒᆞᆯ졔어

다 진실노 평일에 양셩ᄒ격슨 업시 일죠ᄆᆡ 시ᄉᆡ가 ᄎᆡᆨ박흐 벳모여 규작이 ᄃᆡ

번치기로 그 몸과 그 나ᄌᆞ죤 뎌져 ᄇᆞ리ᄂᆞ며 반드시 법국ᄋᆡ 그날과 갓치 셔로

살륙ᄒᆞ며 오늘에ᄂᆞᆫ 뭇졔가 되엿다가 ᄂᆡ일에ᄂᆞᆫ 쳘유가 ᄆᆡ여 스스로운 리익만

닷토아 취ᄒᆞ야 구경부ᄉ 샹ᄅᆞᆨ가 ᄇᆞᆫᄒᆞ여 퇴지니 그졔ᄂᆞᆫ 비루 뜻에 아름답고

힝실이 조출ᄒᆞ야 나라홀 근심ᄒᆞ며 몸ᄋᆞᆯ ᄀᆞ려ᄆᆡ런ᄒ 효ᄃᆞ 졀빅가 잇슬지라

흉흉셰는 농후 련안치못흘줄오는 사롬마다 다 소소로 아느니 그씨에 법국 왕과

법국 귀족들에 미듯흘 일앗엇느디 법국에 이런 춍욕흘 더경에 니르럿스

며 쎠 그후엣 구쥬 화국의 일음과 귀족들이 미쑷을 알앗드면 그후엣 구쥬각

국이 잇지 이런 춍욕흔 디경에 니로럿스리오 더 임군들과 더 귀족들이 이쑷

을 아지못숫앗논디 만약 빅셩들이 쏘호 서로 귀숫숫과 봉죵ᄒᆞ야 평화ᄒᆞ기만

을 앗드면 구쥬각국도 지금셰 쏘흔 감감흔 시딕가 되엇슬 싸롬이로다 암헤

슈헤가 임의 생샹엇스딕 뒤슈헤 가고 낭 나아가니 구라파 젼원에 모든 임군들

파 귀죡들이 사라소왕 대얼샤 로역왕 실류의 영웅 아지못ᄒᆞ는바ー 아니로다

혈변도이 그 뒤룰따라야 흉로라도 그 위엄과 복을 회롱코져 흡으로 그 요란홈

이 살팔십년에 쎳쳐 긋치자아니ᄒᆞ엿도다 슘흔다 라란부인젼을 닑는쟈여 놈

혼 나위에 잇는쟈미 보슈 쥬의룰 가진쟈난 다맛당히 빅셩의 바라는 것을 가

하일치 못흘겟시오 빅셩의 노경을 가히 범치 못흘것이 더러듯 ᄒᆞᆫ즐눌 싱각

ᄒᆞᆯ지니라 진실노 구구히 평안 홈만 엇으려 ᄒᆞ며 수불 쥬물 삼여 대며 쟛고

정소를 ᄒᆞ는것이 사람의게 잇다 ᄒᆞ서니 엇지 그러치 아니리오 그런고로 공덕

도업고 실력도업는 백셩을 서로 거ᄂᆞ리고 판단ᄒᆞᆯ 나서면은 갈을 가지고 그

나라 명망잇ᄂᆞᆫ 비록 별ᄒᆞᆫ만 아닐지 그림즉 서ᄂᆞᆯ 거ᄂᆞ리고 귀순ᄒᆞ며 북종ᄒᆞ

여 평화ᄒᆞ 구ᄒᆞᆷ이 가ᄒᆞ나 이것인즉 ᄯᅩ엇지 능히ᄒᆞᆯ오 셰세 정치의 진보됨

이 잇의 둘지 총선지 ᄎᆞ르엿ᄉᆞ나 그 영향을 진실노 피ᄒᆞ랴도 피ᄒᆞᆯ수 업스미

엇지 혼두사람의 힘으로 능히 막으려오 소긔가 임의 규박ᄒᆞ야 가히 바랄것

이 업서셔 평화ᄒᆞ드릿ᄯᅩ 결단날터이오 란리가 되드리ᄂᆞ 결단날터이니 이럭모

로 제갈공명이 말ᄒᆞ기를 안져서 망흠을 기드릴바에야 처보ᄂᆞ니만 못ᄒᆞ다ᄒᆞᆷ

이라 그러치 아니ᄒᆞ면 법국 대혁명의 참혹ᄒᆞᆫ것은 비록 벅년이후 오늘날에

우리 동방ᄂᆞ라 빅셩들이 드러도 ᄯᅩ흘 모음이 ᄯᅥᆯ니거든 그 당시에 구쥬렬국

이야 엇지 알기못ᄒᆞ고셔 온 구라파에서 분주히 그 뒤를 ᄯᆞ라 지금 셥구셰긔

의 하반긔에 니르기 서지 아ᄂᆞᄒᆞ엿스리오 대개 빅

셩의 지혜가 흔번 열니면 고유흔 권리와 고유흔의무를 엇지못ᄒᆞᆯ교 다ᄒᆞ지못

동ᄒᆞᆯᄲᅮᆷᄯᅵ 왕ᄶᅡ의 회가 다 ᄯᅥ러ᄂᆞᆫ디셔 나라난것도 셔ᆞ고 그 왕이 도망을

다가 잡히고 ᄯᅩ 젹히며 국민것도 셔로곳고 공화졍치가 되

것노 셔로ᄉᆞ 공화졍치가 곳 되엿다가 ᄲᅡᆨ춘것노 셔로곳호되 오직 그 국

민의 ᄒᆡᆼ복을 ᄯᅡ라 영국은 혁명훈후에 헌법졍치가

확실어셔고 인민이 실업이 셜노 젼졍되 나라의 위엄이 크게 젼동ᄒᆞᆯ엿고 법

국은 혁명훈후에 더욱 두려운 시ᄃᆡ가 되여 피훈젹이 장구히 그나라 소괴롤

물드려 쳔빅년후여 ᄂᆞᆫ쟝노 오히려 ᄃᆞᆯ려 가셜며 되가 시ᄭᅢᆼᄂᆞ 엇지ᄒᆞᆯ

야 아려호 영국사ᄅᆞᆷ은 능히 ᄒᆞ지못홈이

라 능히 ᄉᆞᄉᆞ로 다ᄉᆞ리ᄂᆞᆫ 빅셩은 평화에도 잘훈고 란리에도 ᄯᅩ훈 잘훈ᄂᆞ

평화ᄉᆞᄃᆡ에ᄂᆞ 젼졍 나아가고 란시ᄃᆡ에ᄂᆞ 셜노 나아가ᄆᆞ 능히 ᄉᆞᄉᆞ로 다ᄉᆞ

리지못ᄒᆞᆫᄂᆞ 빅셩은 젼졀노 가히 평화도 누릴수 입고 ᄯᅩ훈 가히 란리도 의론

홀수 업ᄂᆞᆫᄂᆡ 평화시ᄆᆞ에ᄂᆞ 그 빅셩의 긔운이 ᄯᅡ타ᄒᆞ야 나라이 쇠잔ᄒᆞ고 란

리시ᄃᆡ에ᄂᆞ 그 빅셩의 긔운이 ᄯᅩ요ᄒᆞᆼ야 나라이 위ᄐᆡ훈지라 공ᄌᆞ 글ᄋᆞ샤ᄃᆡ

37

조선은 넷뎌 가인으로셔 ... 노역왕실규이 처음 주위승영술 때에도 은근히 다

... 밧끄의 ... 청칙 ... 인호온듯ᄒᆞ가 맛ᄎᆞᆷ내 ᄀᆞ장 참혹ᄒᆞ고

... 두산즁 ... 넷지 ... 엄엿ᄉᆞ리오 그러나 나란부인이

땃쳔셰 아일노 ... 즄섭 스니 대뎌 본으로 써 나ᄅᆞᆫ ... 쳥망공엿다 가 나라 일에

... ... 뜻이나 왕의 당파의 베도 ... 지안코 귀죡당파의 베도 ...

... ... 죽엿스며 혁명니 실ᄃᆡᄒᆞ엿슬때에ᄂᆞᆫ 죽지안코 혁명이 잘된

후에 ... 부위의 ... 아니라 부인이 능히 ... 본드러 내엿더눌 엇지

... 동ᄎᆞ에ᄂᆞᆫ ... 안졍ᄒᆞ게ᄂᆞᆫ 문드지 못ᄒᆞᆷ며 또 능히 요란ᄒᆞ게

ᄂᆞᆫ 문들면서 능히 평화ᄒᆞ게ᄂᆞᆫ 문들지 못ᄒᆞᆷ엿ᄂᆞᆫ뇨 이것은 빅셩이 잘못ᄒᆞᆷ으로

... ... 혁믈ᄒᆞ엿ᄂᆞᆫ 아니로다 그윽히 의론컨딕 일쳔칠

... ... 일쳔육빅九십년의 영국 쳘명으로 더브려 그 일이

셔로 ... 호나 그 화군이 그런 임군의 졔폐ᄒᆞᆫ든 시더브려 된것도 셔로ᄀᆞᆺ고 그

그 졍텬ᄒᆞᆫ 빈아 지금 임군의 ... 으로 빅민 앙아 된것도 셔로ᄀᆞᆺ고 그 발

라란연젼 二三

이 노래ᄒ며 홀연이 춤추며 홀연이 원망ᄒ며 홀연이 노ᄒ며 홀연이 두려워
ᄒ며 홀연이 슯흐게 흥을 셔닷게ᄒ도다 대기 법국의 대혁명은 실노 근셰에 구
쥬의 뎨일 큰일이라 엇지 근셰에뿐이리오 고왕금린에 아조 업든일이오 엇
지 구쥬에뿐이리오 텬하만국에 야죠 업든 일이라 수쳔년동안 젼졔ᄒ든 판국
을 업시고 빅년이린에 졍유ᄒᄂ 졍치ᄅ 시작ᄒ매 그 여파가 팔십여년에 쩟
첫고 그영향이 수십여국에 밋쳐셔 쳔빅년후의 력ᄉ가늘이 일노 쎠 인류의
셔 긔원 되ᄂ 흔 긔념물노 영영이 숨계 되엿스니 엇지 그러케거룩ᄒ고 이거
슬 발기 훈쟈ᄂ 이에 흔 구ᄉᄒ 셤셤약질읫 녀ᄌ라 그 라란부인이 무솜
신긔흔 힘이 잇셔셔 능히 덕랑덕ᄉ의 온당파를 총찰ᄒ며 법국의 젼국을 총
찰ᄒ며 ᄯ 구라파 젼쥬에 빅년동안의 인심을 총찰ᄒ엿ᄂ지 내 조곰도 알수
업도다 오호라 영웅이 ᄯ를 만드ᄂ냐 ᄯ가 영웅을 만드ᄂ냐 나ᄂ 반드시 ᄯ
를 만드ᄂ 영웅을 능히 만드러내ᄂ ᄯ가 잇슨연후에야 영웅이 이에 일을ᄒ
수가 잇다ᄒ노라 그러지아ᄂᄒ면 라란부인이 더러두시 다졍ᄒ고 더러두시

그 다음에 티에 올나가셔 얼핏보니 그 티우희 거대흔 우샹이 잇눈터 글을 써

글으되 짓유흐눈 신이라 흐엿거눌 부인이 압흐로 나아가 흔번 읍흐고 말흐야

글으되

오호라 짓유여 짓유여 텬하고금에 네 일홈을 빌어 힝흔 죄악이 얼마나 만흐

뇨 흐엿더라

번기 굿흔 깔을 흔번 두루미 스십일년에 장쾌흐고 의리잇눈 셩명을 끈허 버리

니 이에 라란부인이 영원히 력스샹의 사롬이 된지라 부인이 나라흘 위흐야 슌

결 흐후에 그부리든 녀죵 흐나와 남죵 흐나히 스스로 법뎡에 드러가 부인을 죳

차 죽기를 쳥흐엿고 또 뎍랑뎍스당의 명스 포렬스눈 혼졀흐야 불셩인스흔지

섭여일이 되엿고 또 부인이 슌졀 흔지 수일후에 파려로 부터 로안으로 가눈

큰길겻히 검으로 가슴을 쎄쓸고 죽으쟈눈 곳 라란이라눈 그사롬이러라

신소씨 글으티 내가 라란 부인젼을 초잡으매 엇더타고 흘수가 업눈 빅쳔만

이나 되눈 감격흔 스샹이 내 뇌슈를 찔으고 겨동흐야 날로 흐여금 홀연

라란부인젼

三二

로 향호여 갈시 그씨에 부인의 흉즁에 쓴 셰샹의 싱각은 다 슨쳐지고 혼가지

쳥졍호고 쇄락호야 엇더타고 흐길이 업는 이샹스러운 감격흔 스샹이 죠슈굿치

숏스미 부인이 괴롭호고 져져호야 지필을 구흐니 관속들이 허락지 아니혼지라 후

셰의 군조들이 듯고 흔탄흐더라

셔양 법례에 무릇 남녀가 흔씨에 스형에 쳐 흐게되면 계집을 만쳠호고 사나히

를 후에 흥기는 만쳠 죽이는쟈의 참혹흔 형상을 보고 무셔워 썰지안케 흠이라 그

부인과 굿치 흔 슈례에 든고 오는 엇던 남조가 나아가 죽어 나의 피 흘니는 형샹

이 불샹히 녁여 굴으디 쳥컨딘 그디가 만쳠 나아가 이에 휘조슈의게 빌어 흔번 그 초셔를

을 보고 모음을 고롭게 흐지 말나흐고 그 사름을 스랑흐야 의거잇고 협긔잇는 모음이

죽도록 변치아니흐니 이러듯흐니 비록 이런 조고만 일에라도 쪼흔 그 평싱 일

갈 아래셔 바람이 너러나며 피가 쑤리미 머리 흐기가 잇이 쩌러지고 부인이

을 가히대강 알너라

33

이런 열셩이 지극히 곤졀훈말을 더 불법훈는 법관들이 듯고 다 혀를물고 딕답

홀바를 아지못훙더니 뭇춤내 머리 들너든 은밀훈 모계가 공화 정례에 리치못

훙다훙고 소형에 션고훙내 부인이 엄슉히 너러서며 글으딕

여러분이여 내가 볘로브터 나라홀 위훙야 피를 흘닌 큰 인물들과 굿흔 금셔

가 되는줄노 즐거 알아주랴느냐 내 여러분의게 깁히 샤례훙노니 나는 오직

더 큰인물들이 죵용히 울훈일에 나아가 죽는 딕도를 빅화 력스샹에 붓그러움

아 업기를 원훙노라 훙얏더라

이날에 옥중으로 도라가 일만 셩각을 다 거두어 치이고 두어쟝 글을 지어 쳔

훈친고의게 붓치고 또 그 스랑훙는 쌀의게 혼 편지 뭇흐머리 말예 글으딕

너는 맛당히 부모의게 욕되지 아니훌거슬 싱각훙라 너의 량친이네몸에 모범

을 셋쳐 주엇스나 네가 만일 이 모범을 빅화 그터로 힝홀진딕 또훈 가히 써

턴디간에 헛도이 난것이 되지 아니리라 훙엿더라

이른날 그 일천칠빅구십삼년 십일월 구일이라 라란부인이 함거를 트고 단두딕

웃슴으로 더부러 셔로 은영ᄒᆞ엿ᄉᆞ니 ᄒᆞᆫ번 보매 자못 ᄒᆞᆫ 스므나믄살이나 된 결ᄐᆞ

가인ᄀᆞᆺᄃᆞ라 법관이 여러가지 거즛 증거로 써 부인을 모함코져ᄒᆞ되 부인이 이

ᄯᅦ에 ᄃᆡ답ᄒᆞᆫ 언변은 실노 법국 혁명ᄉᆞ 가온ᄃᆡ ᄀᆞ쟝 슝ᄒᆞ고 웅쟝ᄒᆞᆫ 글이 되엿

ᄉᆞ니 그 대지가 뎍랑뎍ᄉᆞ당의 거동으로 써 하ᄂᆞᆯ을 우러러보며 ᄯᅡ흘 굽어보아

도 붓그러온 거시 업ᄭᅦᄒᆞᆫ지라 민 나죵ᄋᆡ 됴훈말노 굴♀니

무릇 진실ᄒᆞ고 공졍ᄒᆞᆫ 대인ᄂᆞᆫ ᄒᆞᆼ상 ᄉᆞ졍과 ᄉᆞ욕을 바리고 몸을 동포의게

밧치고 그 보ᄒᆞᆫ 쳔년이후에 밧ᄂᆞ니 내 이제 여러분의 션고ᄒᆞ기만 기다

리고 후회ᄒᆞᆯ바 업거니와 그러나 대인군ᄉᆞ가 목베ᄂᆞᆫ ᄃᆡ우회 몸을 밧ᄌᆞ는 남

이 곳 대인군 ᄌᆞ가 승젼ᄒᆞ고 도라오ᄂᆞᆫ 날이라 오ᄂᆞᆯ날 이러케 더럽고 흐리ᄀᆞ

혼잡ᄒᆞ고 어즈러히 사름의 피로써 술과 쟝을 솜ᄂᆞᆫ 이런 셰샹을 내가 버리고

ᄯᅥ나기를 삼가 즐거워ᄒᆞ고 련련ᄒᆞᆷ이 업거니와 내 오직 내나라 빅셩이 속히

진실ᄒᆞ고 공졍ᄒᆞᆫ ᄌᆞ유를 엇기만 츅슈ᄒᆞ노라 ᄒᆞᄂᆞ님이여 하ᄂᆞ님이여 내려라

보시고 도으샤 이 ᄒᆞᆫ디방 빅셩을 구원ᄒᆞ옵소셔ᄒᆞ니

영웅젼을 닑으며 그 목소리가 금셕에셔 나는듯 흐지라 내가 방아흐로 위로

코져 흐랴든 츠에 부인이 텬리를 즐거워흐며 텬명을 알아 쇄락히 스스로 안

심흐는 뜻으로 내게 말흐얏 민나죵에는 내가 그 열셰살된 사랑흐는 딸의

쇼식을 무릇독 부인이 홀연이 눈물를 먹음고 거의 목이 메여 능히 말흘흐지

못흐니 슯흐도다 그 굉셩흐고 밍렬흔 위엄과 일홈이 온 셰샹에 진동흐는 라

란부인이 이러듯시 다졍흐고 인의흐줄을 뉘가 알앗스랴오 흐엿더라

심월삼십일일은 곳 뎍랑뎍스당의 일홈난 션빅 이십이인이 나라흘 위흐야 죽은

날이라 부인이 상비랍지 옥에셔 강사스려 옥으로 올나 일노브터 여러번째 문

죠를 당흐고 민 나죵 공판흐는 젼날에 엇던 변호스가 부인을 위흐야 변호흐여

주고 져흐야 옥중에 차자왓거늘 부인이 조기 팔즁를 임이 작뎡흐얏스니 무익흔

변호들흐야 흔갓 그 몸을 위틱흐게말나 권흐고 지환을 벗셔주며 샤례흐더라

그 이튼날은 민 나죵 공판흐눈날이니 부인이 눈 굿치 휘옷슬 닙고 법뎡에 나

아갈시 그 반빤금 훗터진 머리와 물결굿흔 억기와 푸르스럼흔 두눈이 눈굿흔

부인이 옥즁에셔 더욱 칙과 붓츠로 써 쇼일ᄒᆞ고 쪼 영어도 빈ᄒᆞ며 그림도 비

호고 ᄹᅵ로 혹 옥리의 안히를 죳차 거문고 를 ᄐᆞ눈데 ᄒᆞ번 둘쎄 셰번식

이 흔던동디ᄒᆞ니 듯눈쟈 눈물을 흘니더라 일쳔칠빅구십삼년 가을에 혁명의 밋친물결

탄식ᄒᆞ니 듯눈쟈 눈물을 흘니더라 일쳔칠빅구십삼년 가을에 혁명의 밋친물결

에 막혓스미 비린 바람은 솔솔불고 습흔비눈 슬슬오눈 시졀이라 몸으로 써 나라

에 허락ᄒᆞᆫ 이 렬녀 가샹비랍지 옥즁에 잇셔 날이 길기눈 일년곳ᄒᆞᄃᆡ 신셰의 편

안ᄒᆞ며 위틱ᄒᆞᆫ 거슨 치지도외ᄒᆞᆫ지 오래고 일신의 지낸 일을 고요히 싱각ᄒᆞ며

견국 쟝릭 일을 ᄆᆞᆼᄭ히 헤아리다가 죠회를 펴고 붓을 들어 ᄌᆞ긔견파

혁명귀소와 인물일화 세 칙을 져슐ᄒᆞ엿더니 그째에 영국의 유람이라는 녀인이

부인을 옥즁에셔 차자보고 도라가 그 일을 긔록ᄒᆞ여 ᄀᆞᆯ으ᄃᆡ

라란부인이 샹비랍지 옥즁에 잇셔셔 일신의 당ᄒᆞᆫ 일은 조곰도 원망홈이 업고

형챠ᄒᆞᆫ 간속에 잇셔도 쟝쾌ᄒᆞᆫ 담론ᄒᆞ기를 대신관대에 잇슬쌔와 흔ᄀᆞᆯ곳치 ᄒᆞ

고 그 칙샹우희 여러권 칙이 잇스니 내가 차자 드러갈쌔에 맛촘 포이륵긔외

엇던 사름이던지 못본데 ᄒᆞ고 무슨 일이던지 못 드른데 ᄒᆞ되 오직 그 글읽는 눈

으로써 안치ᄒᆞᆯ 구ᄒᆞᆼ녀 셧만보더니 이 두가지 줄기든 일은 죽기ᄭᅥ지 굿치지 아

니ᄒ더라

욱에 잇슨지 이십스일만에 홀연이 방셕ᄒᆞᆫ 령ᆞ 잇거ᄂᆞᆯ 부인이 죵용히 죄슈ᄅᆞᆯ

을 잡벌ᄒᆞ고 챠ᄅᆞᆯ 몰아 잡으로 도라왓더니 안즌 자리가 오히려 덥지 못ᄒᆞᆯ야셔

홀연이 다시 두 뎡찰관이 뒤를 ᄯᅡ라 움즐ᄒᆞᄂᆞᆯ 엇지 ᄯᅳᄒᆞᆺ스리오 ᄒᆞᆫ 공문ᄂᆞᆯ 내

여 뵈이미 다시 잡으라ᄂᆞᆫ 명령이라 이에 다시 샹비랍지 욱에 드러가다

므릇 텬명ᄒᆞᆯ 알고 스스로 독실히 밋는쟈ᄂᆞᆫ 온 련하에 가히 거쳐ᄒᆞ지 못ᄒᆞᆯ곳이

업고 온 련하에 가히ᄒᆞ지 못 흘ᄭᅥ기 업ᄂᆞᆫ나 라란 부인이 이 욱에 잇슨지 녀돌

을 지내여셔도 오히려 ᄯᅢᄯᅢ로 그윽이 그 동지쟈를 ᄯᅩ동심이며 긔운이 조곰도

쇠ᄒᆞ지 아니ᄒᆞᆫ지라 일즉 포렬스의게 글ᄲᅩ붓쳐 글ᄋᆞ되 내 벗이여 그ᄃᆡᄂᆞᆫ 그 바

라든것을 일쳐말ᄂᆞ 더 포이달스가 비렬비ᄂᆞᆯ에셔 드ᄃᆡ여 라심ᄒᆞ야 글ᄋᆞᆯ티 능히

라마ᄅᆞᆯ 구원ᄒᆞ지 못ᄒᆞ겟노라고 탄식ᄒᆞᆫ것을 셥은 취ᄒᆞ지 아니ᄒᆞᆯ노라 ᄒᆞ엿더라

뎍랑뎍ᄉ당을 엄씨여 셔 젼졔를 요란케ᄒᆞᄂᆞᆫ 뜻을 쾌ᄒᆞ게 ᄒᆞ리라 ᄒᆞ엿더니 오

월 금음날 밤에 포교롤 라란의집에 보내니 라란은 긔미롤 알고 도탈ᄒᆞ고 부인

은 드틔여 잡히여 온유ᄒᆞᆫ 말노ᄡᅥ ᄉ랑ᄒᆞᄂᆞᆫᄯᅡᆯ과 비복등을 위로ᄒᆞᆫ후에 알비옥에

갓치다

부인이 옥즁에 잇셔셔도 죠곰도 두려워 ᄒᆞᆷ도업고 슉샹ᄒᆞᆷ도 업고 뎍모손의 영

ᄉ시와 포의득긔의 영웅젼과 겸모의 영국ᄉ긔와 셔리돈의 ᄌᆞ뎐등을 가져다가

좌우에 놋코 믹일 글 읽으며 글짓기를 조곰도 쉬지아니ᄒᆞ며 ᄯᅢ로 파려에 소요

ᄒᆞᆫ 소릭ᄒᆞᆯ 가만이 드르며 믹양 새벽 죵소릭가 처음 날ᄯᅢ에 니러나 그날 신문

을 보고 나라일이 날나다 글나가며 뎍랑뎍ᄉ당의 명믹이 죠션에 규박ᄋᆞᆷ을 보

고 허희탄식ᄒᆞ며 강기ᄒᆞ야 눈물이 줄줄흐르더라 이ᄯᅢ에 부인이 스스로 ᄆᆞᄋᆞᆷ을

즐겁게 ᄒᆞ기는 오직 셔젹과 화초뿐이오 부인이 옥즁에셔 악의악식ᄒᆞ며 잇ᄂᆞᆫ돈

은 다 혹허 가난ᄒᆞᆫ 죄슈를 주고 다만 ᄯᅥᆨ과 침은 평싱에 즐겨 됴화ᄒᆞᄂᆞᆫ고로 싱

명ᄀᆞ치 ᄉ랑ᄒᆞᄂᆞᆫ지라 부인이 어려실ᄯᅢ에 믹양 글을 읽어 ᄌᆞ미가 들 즈음에ᄂᆞᆫ

우리가 오늘날에는 능히 스스로 구원홀수도 업게 되엿스나 그러나 목슴이 오

히려 살아 잇스니 우리가 우리 나라홀 구원홀지 안닐수 업도다 ᄒ더라 그ᄯᅢ에

의원에논 포렬스 등이 잇고 졍부에논 라란 등이 잇셔 질셔를 회복ᄒ고 공화

를 확실히 셰우고 요란을 졔어 ᄒ기로 ᄡᅥ다 쥬의를 솜앗스나 대소가 임의 글

너졋스미 가히 다시 만회홀수 업논지라 라란부인의 일홈을 의원에셔 침 밧ᄒ

며 육슝논바 되고 마람등이 쥬필ᄒ논 신문에도 릉욕ᄒ논바 되여 자조 거즛말

노 얼어잡아 라란부쳐를 무함ᄒ미 흥샹 조긕이잇셔 그부쳐의 문산에 출입ᄒ더

니 일쳔칠빅구십삼년 일월 이십일일에 니르러논 산악당이 드ᄃᆞ여 승셰ᄒ야 로

역왕십류의 머리를 단두ᄃᆡ 우희셔 버히니 뎍랑뎍스 당파가 비록 분격밍렬ᄒ게

크게반뎌 ᄒ엿스나 ᄆᆞ츰내 구원홈을 엇지못ᄒ고 그 이튼날에 라란이 드ᄃᆞ여

소직ᄒ다

로역왕의 죽음은 뎍랑뎍스당의 함물홀 시초라 ᄒᆡ 산악당이 임의 파려의 시민

ᄀ온ᄃᆡ 셰력을 오리 졔츅ᄒᆞ엿고 ᄯᅩ ᄯᅳᆺ을 셰우기를 몬져 왕을죽이고 다음에논

26

다ᄒ고 그 구일에 다시 ᄒᆫ 편지를 붓쳐 글으티 내친고 단돈군은 혁명의 공변

된 원슈라 더가 라발스비로 어리꽝티를 솜고 마랍으로 우익을 솜고 짜른 갈을

쥐고 약심지를 가지고 국민의게 찌르며 폭발ᄒ니 슮ᄒ도다 쳡이 혁명에 열심

ᄒᄂᆫ것은 공도 아눈바이어니와 그러나 쳡은 도리혀 붓그럽게 녁이노니 혁명의

큰의리를 무도ᄒᆫ놈들의게 더러인배가 되엿스니 혁명을 실노 슐혀 홀만 ᄒ도다

수십년 경영ᄒᆫ것이 오늘날 내 나라흐로 ᄒ여곰 가련ᄒ다 ᄯᅳᆺ이 놉고 힘실이 조출ᄒ며 세샹일

실노 붓그럽게 녁이 노라ᄒ엿더라 산악당의게 몰닌배되여 일노부터셔눈 파려의

에 오활ᄒᆫ 뎌랑뎍스당이 드되여 공화의 셩을 급히치니

란민과 산악당이 빅쟝이나 놉흔 파도굣흔 형졔로써 더

그 셩우회 셧눈 라란부인과 뎌랑뎍스당이 드되여 흉흉 파도와 모진 풍랑에 쓸

녀여 업셔지지 아닐수 업더라

시셰눈 비록 날노 글너 가되 ᄯᅳᆺ과 긔운은 조도곰 줄지아니ᄒ니 라란부인이 더

욱 힘을을 다ᄒ야 그 취하의 모든 호걸을 고동 식이며 ᄒᆼ샹 셔로 말ᄒ여 글으티

사롬을 됴화호지 아니호고 너무 급히 격동호야 오늘날에 쓰임이 덕당치 안타

호야 싱각호기를 반드시 이 동밍을 거졀혼 연후에야 뎍랑뎍ㅅ당의 형세가 가

히 편안호고 온젼호리라 호엿스니 대개 부인은 슌졍혼 리치의 ㅅ샹가 이로되

실디로 쓰눈티 암약호고로 이러케 고집호엿스니 이것도 쏘한 쪽히 괴이히 녁

일거시 업도다 단돈이 처음에 열셤으로 이 동밍을 셩취케호고 날마다 부인의

웅졉실에 나아가며 동관이 회집홀쩌마다 흥샹 시쟌젼에 니르더니 팔월긋음에

니르러눈 동밍혼것이 이에 반드시 셩취되지못홀줄을 셔로알고 드티여 셔로 쓴코

다시 오지 아니호느니 이에 폭동호눈 빅셩으로 더부러 원슈가 된 라란부인의 당

파가 부득불 란민의 동류 산악당과도 원슈가 된지라

더 법국ㅅ긔샹에 피로써 일홈엇은 산악당이 이히구월초슌에 무졍부당류의 희

싱이된 파려 옥즁에 갓쳔 왕의 당파의 죄 슈들을 살륙호니 이에 니르러 라란부

인이 비로소 산악당의게 속인바 된줄을 알고 이둘 오일에 부인이 혼 편지를

벗의게 붓쳐 글으뒤 우리들이 지금은 임의 라발ㅅ비와 마랍등의 갓아래 잇도

라란부인젼

二一

물어 왕이죽고 귀족을 품어 귀족이 죽고 인제는 도리혀 아금니를 버리고 발톱

을 춤추며 울이들 맛핫던 사름의게로 향호눈자라 부인이 젼에는 인민의 셰력

으로 의회를 누르기고져 호엿더니 지금에는 의회의 권세를 잡은쟈눈 인민이니

혁명의 취흥눈 약을 마시고 발광호눈 인민이라 부인이 이왕에 품엇던 회포가

처음에눈 문허졋다가 다음에눈세워 젼졔졍치를 것구러더리고 금히 질셔

가 잇눈 셔던디를 열엇스나 그러나 솜씨가 놉고 발긔이 빠른 더 혁명의 거벽

들이 혼번 나아가고 또 혼번 나아가 추추추추 그 속력을 더호고 더욱

고함을 지르며 달녀들어 츰뇌고 공졍훈 공회 쥬의의 발붓칠 짜흘 짓넉여 畾으

민 혼들이 뭇되여 라란부인과 덕랑덕스당의 모든명소 들이 부득불 파려의 모

든 빅셩들노 더부러 졈졈 원슈가 되누 딕씌를 당호야 그 셰력이 가히 셔 즁민

을 압졔홀쟈눈 으직 혼사롯이 잇스니 이눈 단돈이라 단둔은 산악당의 령슈요

힘졍회의의 임원이니 라란으로 더브러 동료고 민간에셔눈 울망이 구쟝 놉흐미

그 조격이 졍히 이런 어려운 판국을 가히 담울만 호나 그러나 라란부인눈 그

혁명될 형셰가 더욱 빠르고 더욱 급ᄒᆞ야 팔월십일일에 나르는 로여왕십뉵이

못춤내 폐흄을 닙어 별뎐에 갓치니 왕졍이 임이 것구러지고 공화가 임이 서민

립법의회가 ᄒᆞᆫ번 변ᄒᆞ야 민션의원이 되여 드듸여 새로이 힝졍회의를 셰우고

라람이 다시 니무힝졍판을 복직ᄒᆞ엿는지라 왕을 폐흔일은 슈챵흔쟈는 산악당

이오 덕랑덕소당ㄱ ᄯᅩ흔찬셩 ᄒᆞᆫ엿더라

라란부인의 소샹이 이졔 임의 실다로 나타나셔 싱각ᄒᆞ기를 태평흘날을 가히

지뎡ᄒᆞ야 기다릴이로다 ᄒᆞᆫ엿더니 ᄯᅳᆺ밧게 흔물결이 평뎡되지 못ᄒᆞ야셔 ᄯᅩ 흔물

결이 니러나며 압문에셔 호랑이를 막앗는디 뒤문에셔 일희가 드러오며 우희잇

던 큰 원슈는 임의 죽엇는디 아릭 잇던 큰 원슈가 방쟝 우익을 일우울울을 엇

저 알앗스리오 인졔는 라란부인이 드듸여 조긔가 ᄆᆞᆫ드러 낸 혁명 풍파즁에 두

신치아니 흘수업셔 그 속에 씰히며 졔이며 말니여 드러가니

하슈가 숨어 흘너 줄곳 쳔리에 부으미 엇지 다시 인력으로 능히 막을바이리오

라란부인이 임의 울이를 열고 혁명의 놀닌 즘승을 몰아내니 놀닌즘승이 왕을

一九

고 급박ᄒᆞ거ᄂᆞᆯ 졍부에셔 이에 두가지 근졍칙을 뎨츌ᄒᆞ니 ᄒᆞ나혼 글온 파려

각방에셔 시 병뎡 이만명을 모집ᄒᆞ여 ᄂᆞ란과 외뎍을 막으며 도셩을 보호ᄒᆞ게

ᄒᆞ고 둘재ᄂᆞᆫ 글온 무릇 헌법을 좃지아니ᄒᆞᄂᆞᆫ 교민ᄂᆞᆯᄂᆞᆫ 다 디경밧긔 좃쳐내라

흔거신티 로역왕이 허락지 아니ᄒᆞ거ᄂᆞᆯ 라란부인이 심각ᄒᆞ되 뎌랑뎍ᄉᆞ당이 죠

뎡에 티ᄒᆞ야 슈즁ᄒᆞᆯ넌지 빈반ᄒᆞᆯ넌지 맛당히 이방칙을 힝ᄒᆞ며 아니홈으로뻐 결

단ᄒᆞ리라ᄒᆞ고 이에 라란을 지촉ᄒᆞ여 ᄂᆡ각졔원을 련합ᄒᆞ야 왕씌 글을 올녀 글ᄋ

티 만약 국가를 편안ᄒᆞ며 샤직을 리롭게 ᄒᆞ고져 ᄒᆞᆯ진티 맛당히 속히 이 안건

을 실힝ᄒᆞᆯ소셔 그러치 아니ᄒᆞ면 신등은 히골을 빌어 물너가고 다시 왕을 위ᄒᆞ

야 쥬션 ᄒᆞᆯ수업ᄉᆞ나이다 ᄒᆞ엿ᄂᆞᆫ티 이 상소에 문필ᄂᆞᆫ 졍묘ᄒᆞ며 강직ᄒᆞ고 ᄉᆞ리

ᄂᆞᆫ 간략ᄒᆞ며 명뵉ᄒᆞ미 의론ᄒᆞᄂᆞᆫ쟈 글ᄋᆞ티 법국ᄉᆞ긔의 공문 문조즁에ᄂᆞᆫ 이거

시 뎨일이라ᄒᆞ엿고 그 긔안을 지은쟈ᄂᆞᆫ 실노 라란부인이라 과연 로역왕십륙

이 강팍ᄒᆞ야 그 의안을 쓰지아니ᄒᆞ니 류월십일일에 신졍부가 드티여 춍ᄉᆞ직을

ᄒᆞ얏더니

이오 대신은 불과 왕의 혼 어리광되라 호엿스디 부인은 홀노 왕만 의심 홀뿐

아니라 무론 엇던 사름이 지 귀죡남으로 더부러 판계가 잇눈쟈논 다 의심호

더니 그쎡에 혼 련숙혼 외교가 초마력 이닷논쟈가 잇셔 그벗을 다리고 와서

부인쎅 뵈이고 물너가민 부인이 다른 사름의게 만흥여 글오디 뎌런부리 모논

됴흔 남으라호눈이들은 낫체논 외국호눈 모양이 잇고 입으로눈 인국호눈 말올

만히호나 나 보기에논 뎌희눈노 인국호쟈 안논거슨 아녀나 나라 사랑호기롤

제몸 사랑호드시논 못호누나는 우리나나 가온디 이런 사름 잇논거슨 원쳐아

니호노라 호더라

죠고마혼 일디 라란부인으로셔 그 지아비롤 몰며 다른대신을 몰며 덕랑덕스의

온 당파롤 몰아 날마다 로역왕으로 더브러 셔로 멸어가게호여 이히 륙월에 니

르러눈 왕과 더브러 신졍부 셔어에 홍몬돌이 임이 극노에 니르럿논지라 이젼

스월에 오대리로 더브러 싸화 리홀지 못호민 인심이 홍홍호고 국닉의 왕고

션빈들은 다 밍세호고 서로낸 헌법을 직히지 아니려호니 소긔가 더욱 어즈럽

一七

20

늬무대신의 공소 칙상우회 랑쟝히 산갓치 싸힌 긴요흔 문부를 낫々치 다부

인의 손을 지는 후에야 비셔관의게 느리고 의회와 늬각 회의에 대츌홀 모든

보고셔도 다부인으로 말믹암아 긔초ᄒ고 졍부에셔 츌간ᄒᄂ 관보도 다 부인으

로 말믹암아 그 방침을 지휘ᄒ며 그 스무를 감독ᄒ니 그씨 신졍부의 활동력으

로 ᄒ여곰 날마다 공화 스샹에 나아가게 흔것은 다 라란부인의 흔것이라 법국

늬무대신의 인쟝을 가진이는 비록 라란이나 그 큰권셰ᄂ 실노 이녀지샹의 쟝

악가온티 잇더라

라란부인은 싱각ᄒ기를 긔혁ᄒᄂ 소업은 결단코 가히 죠뎡을 의뢰홀것이 아

니라ᄒ미 그런고로 타인은 비독 로역왕을 밋으나 부인은 결단코 밋지 아니ᄒ

고 일즉 말ᄒ여 ᄀᆞᆯ으티 나는 맛참내 뎌 졔졔졍치 아래셔 싱쟝ᄒ야 졔졔로써

셰운 임군는 능히 립헌졍치를 실힝 ᄒᆞᆯ줄노 밋지아니 ᄒ노라 ᄒ엿고 라란이 쳐

음에 대신이 되여 로역왕을 보고 흔연이 깃분빗치 잇셔 도라와 부인을보고 말

흔티 부인이 ᄀᆞᆯ으티 그티는 어리셕음을 면치못 ᄒ엿도다 졍부는 불과 흔 쥬막

19

러라

이에 ᄂᆡ르러는 닉외의 형졔가 더욱 급ᄒᆞ야 화가 눈썹에림박ᄒᆞ미 잔잉ᄒᆞᆫ 목슘

이 다 죽어져 가ᄂᆞᆫ 더 로역왕 셥류이 이애 부득이ᄒᆞ야 나라ᄒᆞᆯ 그릇ᄯᅥ린 이젼

신하ᄃᆞᆯ을 빈쳑ᄒᆞ고 민당으로써 티신ᄒᆞ니 이에 라란이 물망의 도라감으로써 공

쳔홈을 닙어 니무대신이 되미 이ᄯᅢᄂᆞᆫ 일쳔칠빅구십이년 삼월이라 량츄가 명

을 밧아 관데로 이스ᄒᆞ고 라란이 궐닉에 입시ᄒᆞᆯ졔 평샹북을 닙고 평샹모ᄌᆞᆺ를

쓰고 놀근신을 신고 친숙ᄒᆞᆫ 친고를 찻ᄂᆞᆫ드시 ᄒᆞ니 궁즁에 시위ᄒᆞᄂᆞᆫ쟈들이 놀

내지 안ᄂᆞᆫ이가업더라

녯날 시골에 ᄒᆞᆫ 죠고마ᄒᆞᆫ 샹무관의 안ᄒᆡ가 이졔 쟝ᄎᆞᆺ 기우러질 로역왕죠에 ᄂᆡ

무대신의 부인이 되엿스니 라란부인의 셰력이 이에 너르러 더욱 왕셩ᄒᆞ야 그

집이 흉샹 덕랑덕스파의 회소가 된지라 부인이 낫이면 모든당파를 불너 모히고

밤이면 몸늘 굽혀 졍셩을 다ᄒᆞ여 가쟝의 스무를 도으니 라란이 미양 동관으로

더부러 외론홀 일이 잇스면 반드시 부인을 쳥ᄒᆞ여 굿치 좌셕에 참예 ᄒᆞ게ᄒᆞ고

라란부인젼

一五

18

을 다하다가 십이월에 온 집이 파려로 이소하니라

그때에 법국 국권이 온전히 립법의회의 손에 잇는디 의회중에 실노 세파가 분

하야 하나흔 평원파니 그 좌셕을 회의쟝의 평탄훈 싸울 졈령하는고로 이 일홈을

엇엇고 실노 평등법샹훈 인물들이 모힌거시오 둘재는 산악파니 회의쟝의 놈

흔 좌셕을 졈령하는고로 이 일홈을 엇엇고 실노 극히 급하게 동하는 파라 이

후에 피로써 파려에 색린 사람 라 발스비와 단돈과 마랍아등이 다 이파에 징징

효쟈이오 셋재는 덕랑덕스파니 그 의원들이 만히 덕랑덕스 싸에셔 션뎡하야

나아온고로 이 일홈을 엇엇고 이파가 당시에 그쟝 셰력이 잇스니 포렬스와 포

과와 로쟝인등 모든 현인들이 다 여긔셔 나왓는지라 그 사룸들이 다 포이틔긔

의 영웅젼과 로사의 민약론의 감화홈을 밧아 나흔졈고 고운은 날뉘고 뜻은 놈

고 힝실은 조촐하니 거울긋훈 리치의 소샹과 쩟는것긋훈 인국심으로써 스회여

고 동하며 죠련하며 지휘하는쟈는 실노 라란부인이니 덕랑덕스파의 괴슈는 일

홈인즉 라란이나 실샹인즉 라란부인이라 이거슨 력스가에셔 다아는 바이

17

우리가 오히려 뇌란을 두려워 ᄒᆞ겟ᄂ냐 뇌란을 피 ᄒᆞ겟ᄂ냐 ᄒᆞ엿스니 이것은

심노 부인이 그시에 급히 나아가ᄂ 정형이라 부인이 국회가 빙빙과 거흠을 노

ᄒᆞ여 드틔여 분ᄒᆞ야 다시 방청 자리에 드러가지 아니ᄒᆞ더니

그히 류월에 로역왕신류이 몰내 도망ᄒᆞ엿다가 잡히여 다시 파려에 도라오니

부인이 싱각ᄒᆞ기를 이ᄯᅢ에 맛당히 혁명을 실힝ᄒᆞ리로다 ᄒᆞ엿셔도 오히려 실힝

치못ᄒᆞ미 슯흐고 분홈이 더욱 심ᄒᆞ야 그윽이 탄식ᄒᆞ야 글ᄋᆞ되 우리가 오늘날

반다시 한번 혁명을 아니ᄒᆞᆯ수 업스나 그러나 빅셩도 과연 이러ᄒᆞᆯ 혼력이 잇

눈지 업눈지 내 심히 의심ᄒᆞ노라ᄒᆞ고 일노부터 불쾌ᄒᆞ야 그 가쟝ᄋᆞ로 더브러

긋치 리앙ᄋᆞ로 도라갈ᄉᆡ 가눈길에 라발스비의 혁명격셔를 홋허 반포ᄒᆞ야ᄊᆡ 빅

셩을 격동ᄒᆞ더라

량쥬가 리앙시 월사애 도라가 국회를 히산ᄒᆞ고 ᄯᅡ로 립법의회를 셰울ᄉᆡ 서로

의원 칠빅ᄉᆞ십오인ᄋᆞ로 조직ᄒᆞ야 일우웠ᄂᆞ틴 그ᄯᅢ에 공업졔조관의 결쳐ᄂᆞ 철

패된지라 라란이 이에 온젼히 문필에만 죵ᄉᆞᄒᆞ야 더욱 이국ᄒᆞᄂ 소업에 졍셩

이 쳥쳥ᄒ야 풍쳬가 셰샹에 드믈고 신광이 사롭을 어리ᄂ대 임으로 말ᄒ고져

ᄒ다가 입살을 가만이 ᄲ믈고 눈을ᄌᆞ조 번ᄌᆞᆨ여되 빗쳐 더욱엄졍ᄒ 흠부인이 겻

히셔 감독ᄒᄂ지라 부인이 비룩 강잉ᄒ야 스스로 억졔ᄒ나 그챵ᄌᆞᆺ에 ᄀ득흔졍

신과 일신의 경력이 임의 은연히 온셰샹의 표흔남ᄌᆞ들룰 ᄂ르기여 고동식키

며 겨동식켯ᄯᆞ니 이 닐곱달동안에 임의 소위 동포회에 밍셰ᄒ고 드러온 모든

명ᄉᆞ를 ᄉᆞ괴고 ᄯᅩ ᄌᆞ조 구락부에 연셜과 국회의 토론을 드르미부인이 혁명의

진취가 지왕ᄒ믈 흔ᄒ고 크게 분격ᄒᆞ야 이에 포렬ᄉᆞ의게 글을붓쳐 굴으대 나

의 ᄉᆞ랑ᄒᄂ 사아라여 (ᄉ아라ᄂ 락마 민권의 령유인대 이ᄯᅢ에 편지투가 흔이

희립과 라마의 공화졍치에 유명흔 사름으로셔 셔로칭호ᄒ야 부르ᄂ 법이러라)

엇지 공의 붓을 불 가온대 던져바리고 도리켜 번듯거리며 효야로 드러오지 안

누뇨 지금 국회가 부피ᄒ교 문허진 흔 흙덩어리에셔 지내지못ᄒ니 오늘날 ᄂ

란은 벌셔흥ᄉᆞ가 되지아닐거시니 우리ᄂ 진실노 죽어야만 쓸거시라 ᄂ란이 잇

고셔야 혹 소셩ᄒᆞᆯ수 잇슬여니와 이졔 ᄂ란이 업스면 ᄌᆞ유가 업셔질 거시니

15

긔샹이 혼번 변호얏더라

일천칠빅구십일년에 리앙시에셔 젹졍이 곤란혼 셕듥으로국회에 연죠를 쳥ᄒᆞ니

다란이 그 위원으로 션졍이되여 이에 부부가 셔로 잇슬고 파려에 류호는지 닐곱

돈이라 더들이 파려에 니르민 그 려관이 문득 유지쟈의 공회쟝이 되엿는지라

친고 포렬스와 비디아와 포파와 라발스비등이 셔로 동지쟈를 인도호야 셔로쇼

지흐료 민양 간일호야 라란의 려관에 회집호녀 부인이 그씩에 거동이 엇더흐

뇨 뎌가 흥샹 스스로 괴롭호야 글으티내가 스스로 녀즈의 본분을 아눈고로 비

록 날마다 내압해 모혀 격회호나 내결단코 의론솟해 망녕되히 참예치 아니호

겟스나 그러나 모든 동지의 일동일졍과 일언일스를 내가 다 즈셰히 듯ᄌᆞ 단단

히 괴록호야 싸진것이 업고 씩로 혹 말호고십흔 것이 잇스나 내가 본다시 혀

를 돌고 스스로억졔 ᄒᆞ노라호얏더라

오호라 이 국셰가 간난혼 씨를 당호야 영웅이 무리무리 화로를 둘너안져 손바

닥을쳐며 큰 폐교를 의론홀시 우연히 한번눈을들어 보민 눈셥이 헌헌호고 눈

一一

히 쥬져ᄒᆞ여 뜻졔차ᄂᆞᆫ것이 업ᄂᆞᆫ지라 이에 놉히뛰여 홀연히 니러나 닐ᄋᆞ대 혁

명이 임의 ᄂᆡ러낫시니 평성에 ᄭᅮᆷ에 성ᄭᅡᆨᄒᆞ던 공화쥬의ᄒᆞᆯ 이졔 실ᄒᆡᆼᄒᆞᆯ 긔회를

엇엇도다ᄒᆞ고 녭부인이 혁명ᄒᆞ기을 ᄉᆞ랑ᄒᆞᆷ이ᄋᆞ아ᄂᆞ나 법국을 ᄉᆞ랑ᄒᆞᄂᆞᆫ ᄉᆡᆼ됴ᄋᆞ로

부득불ᄒᆡ혁명을 ᄉᆞ랑ᄒᆞᄂᆞᆫ것이라 ᄒᆞ더가 닐ᄋᆞ대 오ᄂᆞᆯ날 법국은 임이 죽엇스니 주

은티셔 살게ᄒᆞ기는 혁명을 바리고는 ᄒᆞᆯ수업ᄂᆞ나라ᄒᆞ고 이에 부쳐가 온졍히 혁

명졍신을 잉티ᄒᆞ야 기르고 혁명ᄉᆞᆼ을 널녀 펌으로써 일음더라 라란이 처음으

로 리앙 구락부를 창셜ᄒᆞ고 부인은 스스로 혁명ᄒᆞᆯ 고동ᄒᆞᄂᆞᆫ 론셜을 져슐ᄒᆞ며

로스의 인권론 대지를 쇼집ᄒᆞ며 미국의 포됴 독립문 을인쇄ᄒᆞ야 낫이나 밤이

나 스스로 가지고 원근에 비와 쌀눈긋치 흣허 반포ᄒᆞ니 어시에 소위 라가역소쳥즈라ᄂᆞᆫ것이

파려와 리앙스이에 비와 쌀눈긋치 흣허 쩌러지더라 리앙에셔 창셜ᄒᆞ미 부인이 다 그

파려에셔 창셜ᄒᆞ고 쳔고 덤파너ᄂᆞᆫ 즛.유보를 리앙에셔 창셜ᄒᆞ미 부인이 다 그

쥬필이되여 박람을불고 비를부르며ᄒᆞᄂᆞᆯ을 놀니고 ᄯᅡᆯ을 움죽이며 신을 브르지

지게ᄒᆞ고 귀신을 울게ᄒᆞ며 룡을 놀니게ᄒᆞ고 비암을 다라나게ᄒᆞ니 법국의 쥬앙

그씨에 법국이 로역왕 셥스 셥오 량죠를 지닉미 저양의 씨쑤린것이 임의 넉엇

눈지라 셔임군 로역 셜류이 부득불 그조부의 졔천 저양을 쇼멸을 형셰가 잇스

민 화산디 크게 더질 긔한이 쟝춧 갓가와 여긔셔눈 홈둘기 연긔가 뵈이며 뎌

긔셔눈 은々혼 소릭가 들니너 큰 란리를 일이 파쳐 못홀제 되얏스나 셔임군은

라약홍야 능히 혼단을 바로잡지못호고 도로혀 격동케호니 비록 어진정승 니잠

아가 잇스나 일늘 가히 호지못홀줄을 알고 몽둘 셕여 물너가니 어시애 셔임

군은 더욱 라약호고 죠뎡에 권션과 간신들은 참람호고 지혁은 미루워가고 부

셔노 만코 셩계눈 군박호야 여러가지 원인이 셔로 붓닐교 셔로 핍박호녀 인민

이 층々를 훈변이오 쓰홀번이오 기다리기를 일년이라가 맛춤내 일

쳔빅빌 팔십구년에 파스뎍의 웅을 쳐쳐고쇠슈를들 방셕호니 혁명의 쳐음 소릭가

비로소 느려낫더라

파스뎍의 옥을쎄쳔 승젼가눈 곳 라란부인의 출진혼 라팔이라 라란부인이 지혜

잇눈눈으로 시국대셰를 술펴서 니쟝아의 거동과 국회의 거동을보니 흐나도 가

라란부인젼

九

이년에 흔 녀으를 나핫고 오래지아니호여 라란이 리앙시 공업감독관으로 올마

온 집이 리앙으로 이스호니 라란의 학식과 인물을 이곳에셔 크게 존경호 논빅

되엿는지라 이때에 리앙에 공업 샹업이 극히 쇠패호엿스민 라란이 급소히경돈

호며 회복홀 계칙을 강론호야 흥샹 론슐호눈바이 잇셔 즈긔 의견을 발표호민 물

망이 더욱 놉핫스니 셜노 부인이 그스이에 모든것을 좌저 우지홈이오 라란의

저슐훈것도 호나토 부인의 도론과 곳침을 밧지 아닌것이 업고 또 가소를 보살

피며 오년를 양육호고 쏘 여가에는 흥샹 박물학과 식물학을 공부호니 대기 라

란부인의 일셩이 그쟝 쾌락호고 복되기는 오직 이 소오년 동안이러라

그러나 하놀이 라란부인의게 집안 살님의 복조를 누려 와셕죵신호을 허락지아

니호시민 법국 력소와 셰계 력소샹에 다 라탄부인의 일홈이 들어 그빗치 더욱

빗나도다 이에 바람이졈소 너러나고 구름이 졈소어지럽고 번기가 졈소번쩌거

리고 물이 졈소소사나드시 왈깍왈깍 무럭무럭 법국혁명이 되여가니 차탄호고

괴샹호다 법국이 드대여 대혁명을 면치못호엿더라

11

흐엿시니 이것이 뉘가 흐라흐여 이곳처흐엿스니요 오릭지아녀셔 라란북랍져로

더부러 결혼흐니 라란은 리앙시 사람이니 온젼히즈기 힘을밋고 복과 명을 졔

가 문드는 사람이라 셔구셰에 혈혈단신느로 미국을 유람흐고 쏘 도보로 법국

을 흐번 다 둘아 유람흐고 그후에 아몃소의 공업 감독판이 되여셔는 흐상 글

을지어 공업 상업의 문데를 론슐흐나 소문이 나셔 국즁에 유명흐더라

려 힝흐기를 죠와흐며 글읽기를 죠와흐고 무음 가지는 졍셩되고 진실흐며 일

흐기는 졍밀흐고 엄졍히흐며 힝실은 단졍흐며 졔몸에 당흔것은 질박흐게 흐는

지라 그러나 조신력 (스스로밋는힘) 이 심히 굿셰고 긔운과 넉시 극히 셩흐고

쏘 어려셔 부터 무음이 공화 졍쳐에 취흐얏는고로 마리농으로 더브러 일즉친흐

더니 일쳔칠빅팔십년에 니르러 혼례를 힝흐얏서 이째에 라란의 나흔 스십오셰오

마리농의 나흔 이십오셰라 일노붓터 마리농이 라란부인이라는 일홈으로 셰샹

에 들내더라

라란부인의 성애는 험흐고 귥흠으로써 맛찼고 평화로써 시작흔지라 결혼흔후

10

샹이 그러ᄒᆞ지라 실ᄉᆞᆯ 말ᄒᆞᆯ진ᄃᆡ 더가 진실노 긔혁 쇄신ᄒᆞᆫ 졍치아린 살며 나

라 집에 ᄒᆞᆫ 춤실ᄒᆞᆫ 신민이되기ᄅᆞᆯ ᄇᆞ라더니 로역왕 섭륙이 죽위ᄒᆞ미 뎌가 싱각

ᄒᆞ되 혁신ᄒᆞᆯ ᄃᆡ업ᄅᆞᆯ가히 일우으고 인민의 힝복을 가히 ᄇᆞ라리로다ᄒᆞ더니 셔력

일쳔칠ᄇᆡᆨ칠십오년에 면푸란리에 더가 오히려 나라 사람ᄅᆞᆯ이 급속히 격동ᄒᆞᆷ을

허물되이 녁이며 졍부의 졍칙을 돌보아 주엇시니 대긔 뎌ᄂᆞᆫ 조인ᄒᆞᆫ 사람이오

잔혹ᄒᆞᆫ 사람은 아니며 평화를 죠화ᄒᆞᄂᆞᆫ 스룸이요 요란을 죠화ᄒᆞᄂᆞᆫ 사람은 아

이로다 오호라 조고로 혁명 시ᄃᆡ의 어진사람과 뜻잇ᄂᆞᆫ 션빅즁에 ᄒᆞ나히라도 엇

지 탁월ᄒᆞ고 결ᄇᆡᆨᄒᆞᆫ 셩질과 ᄇᆡᆨ셩보기를 샹ᄒᆞᆫ것굿치 녁이ᄂᆞᆫ 열셩이 아니리요

진실노 만번부득이 ᄒᆞᆷ이아니면 엇지ᄒᆞᆫ몸의피와 만인의 피로써 셔로 부으며

셔로치며 셔로 샹ᄒᆞᆯ계ᄒᆞᆷ으로 쾌히녁여 질거워ᄒᆞ리오마ᄂᆞᆫ ᄇᆞ라도 ᄇᆞ랄것이업고

기다려도 기다릴것이업스미 이에 부득불 인ᄌᆞᄒᆞᆷ을 ᄇᆞ리고 ᄉᆞ랑ᄒᆞᆷ을 쓴초며 원

홍을 먹음고 눈물을 ᄉᆡᆨ리고 이길로 나아감이니 슯흐도다 라란부인의 졍셩과

온화ᄒᆞᆷ으로노 나죵에ᄂᆞᆫ 쳔고에 참혹ᄒᆞᆫ 굴혈에 투신ᄒᆞ여 ᄒᆞᆫ번죽어 텬하를 ᄉᆞ례

실흔 리치를 이긔지못ᄒᆞᆫ지라 더부인이 나히 열류칠셰에 맛참ᄂᆡ 종교에 미혹

ᄒᆞ든 망녕된 성각을 ᄡᅥ 브려스되 조쳔의 ᄯᅳᆺ슬 샹치 안코져ᄒᆞ야 형식샹으로

만 교회에 간간이 ᄃᆞ니ᄂᆡ 되긔 그뢰락ᄒᆞ고 류결ᄒᆞᆫ 긔긔 가진실노 도리라ᄂᆞᆫ 것

은 아ᄂᆞᆰ흥것인줄노 알앗스ᄆᆡ 비쇼뢰뎍ᄒᆞᆨ 만근지력 으로도 능히 그ᄯᅳᆺ슬 ᄲᅢ앗아

그밋ᄎᆞᆫ것을 썩자못 ᄒᆞ겟더라

뎌의 특셩이 그러ᄒᆞᆷᄆᆡ 소이로 그후에 능히 셤셤약질노 빅가지 어려온 것슬 당

ᄒᆞ여도 의심이업고 소셩을 림ᄒᆞ여도 굴치아니ᄒᆞ엿스니 감감ᄒᆞᆫ 범국대혁명 ᄒᆞᆯ

골속에 흔 문명ᄒᆞ고 찬란ᄒᆞᆫ ᄉᆞᆺ이 피게흔거슨 다 이졍신과 이혼련으로 된것이러

라 뎌가 포이루긔의 영웅견불 읽으ᄆᆡ 무음이 희랍과 라마의 공화졍치에 취ᄒᆞ

엿고 ᄯᅩ 대셔양 건너편 희안에셔 영국 헌법을 모방ᄒᆞ야 새로셰운 미국을 그윽

히 엿보며 그발달진보됨이 속흔것슬 놀납게 녀이고 이에 평등을 ᄉᆞ랑ᄒᆞ며 조

유를 ᄉᆞ랑ᄒᆞ며 공졍과 의리돌 ᄉᆞ랑ᄒᆞᆫ 간략ᄒᆞᆷ과 쉬인것슬 ᄉᆞ랑ᄒᆞᆫ 성각이

졈졈 타ᄂᆞᆫ듯ᄒᆞ고 설ᄂᆞᆫ듯ᄒᆞ야 뎌부인 흉즁에 리왕ᄒᆞ나 그러나 뎌의 리치의 ᄉᆞ

라란부인젼

五

스모ᄒᆞ야 멋ᄒᆡ 동안을 이러케 화평ᄒᆞᆫ 셰월노 지닉나 연이나 그것ᄒᆡ 살림은 화

평ᄒᆞ나 그 속의 졍신은 홀연이 ᄒᆞᆫ큰 혁명ᄒᆞᆯ뜻이 니러나닉 당시에 법국 졍계샹

혁명의 션봉될 소위혁명ᄉᆞ샹아 임의 죠곰식 ᄎᆞᆨ츌ᄒᆞ야 이 녀영웅이 나기젼에 녀

러낫더니 이ᄯᅢ에 니르러는 ᄯᅥ옥 치셩ᄒᆞ야 무단히 이 화평ᄒᆞᆫ집 문틈으로 시여드

러가미 더 심신이 민쳡ᄒᆞᆫ 졀문부인이 부지불각즁에 건장ᄒᆞ고 탁월ᄒᆞᆫ 원동력을

양셩ᄒᆞᆯ저라

녀가 날마다 독셔ᄒᆞ고 궁리ᄒᆞᄀᆡ로 일을삼더니 스스로 권셰와 유젼ᄒᆞᄂᆞᆫ일과 습

관이 사회샹에 부패ᄒᆞᆫ 큰근본인줄을 셔닷고 날마다 더욱 실여ᄒᆞ고 셔쳐ᄇᆞ리기

를 싱각ᄒᆞᆯ시 ᄒᆞᆼ샹 즛유ᄒᆞᄀᆡ 독립ᄒᆞ야 남을 의탁지 안코 남 브린거슬 힝ᄒᆞ지아

니ᄒᆞᆯ 과기구잇스미 어시에 그혁명을 면쳡 죵교로붓허 시작ᄒᆞ야 신구약에 젼ᄒᆞ

바 예수와 마셔의 긔젹을 면쳡 힐난ᄒᆞ야 글ᄋᆞ되 이것은 허탄ᄒᆞ야 셔지못ᄒᆞᆯ 말

이라ᄒᆞ고 교회의 신보와 권독야슈교 증거론등셔를 반복ᄒᆞ야 비유로 히셕ᄒᆞ야

일변으로 닐그며 일변으로는 회의파의 쳘학의 글을 닐그녀 허탄ᄒᆞᆫ 의론이 ᄒᆞᆨ

과 아뎌에셔 나지못흔거슬 각금 흔탄ᄒ고 칙을졉고 속으로울미 부모가 말녀도

금치못 ᄒᆞᄆ라

그형뎨 즁미 류인이 다 불ᄒᆡᆼᄒᆞ야 요ᄉ ᄒᆞ얏스미 부인의 소년 셩의가 극히 젹

막흔고로 더욱 셔척 가온대셔 쳔고둘 구ᄒᆞ야 김동ᄒᆞ논 졍이 날노 더ᄒᆞ고 리치

의 셩각이 날노깁허가더니 그후에 그지아비 라란 의게 편지롤 븟쳐 갈ᄋᆞ티 쳡

이 감격흔 ᄯᅳᆺ이 만흔거슨 뎐셩이 그런치나 교휵즁에셔 셩장ᄒᆞ야 익졍

이 일덤으로 밋쳐 갈ᄉᆞ록 더욱 깁허가미 무단히 노래허며 곡ᄒᆞ고 ᄯᅥᆨᄯᅥᆨ로ᅌᅳᆸ허

ᄒᆞ며 즐거워ᄒᆞᆫ야 다른녀ᄋᆞ들이 분주히 희롱ᄒᆞ며 즐겁게 음식 먹을때에 쳡온

각금 ᄒᆞᄂᆞᆯ둘 우러러보며 ᄯᅡᆼ을 굽어보며 신셰가 흥상 무궁흔 감격이 잇노라ᄒᆞ

얏스니 그소년에 괴득흔 긔운을 일노보아 가이 알겟도다

더가 죵교에 먼져 열심으로 쥬의ᄒᆞ야 십일셰에 부모째 쳥ᄒᆞ야 승방에 드러가

셩교 리치롤 빈온지 일년만에 나가 외조모집에셔 거ᄒᆞ다가 ᄯᅩ일년만에 비로소

집에 도라가미 더가 겸손ᄒᆞ고 ᄌᆞ익ᄒᆞ고 민쳡홈으로 윔집이 ᄉᆞ랑ᄒᆞ고 쳔고가

6

二

나타나니 이는 곳, 마리농 비립반이오 쟝틴에 라란의 부인이라 그 가셰는 본시

지닐만 호고 아비 셩품은 슌량 호며 라약호고 어미 셩품은 강명호야 쟝부의

긔샹이 잇는지라 부모가 부즈런호고 검소홈으로 산업을 져츅호야 평화 셰게에

흔 화평훈 빅셩이 되엿느니 이런집에셔 능히 더러훈 인물 라란 부인을 나핫스

니 시세도 영웅을 나흔 거시오 빅셩의 능히 힘으로 흘빈논 아니라 졈졈자라미

심상샤회의 교육을 밧으나 그러나 더가 졀셰훈 츌텬지지로 흐리호는 쳠과 샹

샹력이 춍만 호야 규측으로 교육호는 외에 스스로 교육 호는것이 흥승 빅갑졀

이나 되더라

나히 십셰가 되미 능히 모든 교셔를 혼자 읽되 미양 예수의 사도들이 도돌위

호야 피들흘넌 사젹과 아라비아와 도이기의 늬란 근본과 문쟝들의 려힝유람훈

일긔와 하마단졍의 지은시를 읽기 됴화호고 그즁 더욱 됴화호기논 포이륙귀의

영웅젼이라 즉긔가 흥샹 그즁에 영웅으로써 제몸에 비호고 미양 부모를 좃차

교당에 가셔 긔도 흘졔논 이쳥을 쏙 가지고 가셔 몰늬 보며 이쳔년젼에 사파달

근세뎨일
녀즁영웅 ⓐ라 란 부 인 젼 ****
近世第一
女中英雄 羅蘭夫人傳 젼지단

셔문애왈 오호라 즈유여 즈유여 텬하 고금에 네 일홈을 빌어 힝흔 죄악이

얼마나 만흐뇨 눈엿스뇨 이말은 법국 뎨일 녀즁영웅 라란 부인이 림죵시에

흔말이라 라란 부인은 엇던사람인교 더가 즈유에셔 살고 즈유로 말미암아 쥭

라란부인은 엇던사람 인교 즈유가 더의게셔 낫고 더가 즈유로 말미암아 쥭

엇스며 라란 부인은 엇던 사람인교 더가 나파륜 의게도 어미라 홀지니 질졍

도 어미요 마지니와 갈소스와 비스믹과 가부이 의게도 어미요 민특날 의게

흐야 말 흘진대 십구셰긔의 구쥬 대륙에 일졀 인물이 라란부인을 어미 솜지

아닐이 업요 십구 셰긔의 구쥬 대륙에 일졀 문명이 라란부인을 어미 솜지아

닐수 업도다 무솜연묘 법국의 대혁명은 구쥬 십구셰긔의 어미가 되고라

란부인은 법국 티혁명의 어미가 된 셔둙이라 흐노라

이씨는 일빅오십년견 셔력 일쳔철빅 오십ㅅ년 삼월삼십팔일이타 법국 파리셩 반

노불거리에 은장이 비릭반의 집애셔 흔 녀오를 나하 그우눈 소래가 이 셰게에

一

近世第一
女中英雄
羅蘭夫人傳

歐洲革命小說

大韓隆熙元年丁未

3

2

1

羅蘭夫人傳

- 『근세제일여중영웅 라란부인젼』
  대한매일신보사, 1908.

- 梁啓超 「近世第一女傑 羅蘭夫人傳」
  『新民叢報』(第十七號-第十八號), 1902.

여기서부터 영인본을 인쇄한 부분입니다. 이 부분부터 보시기 바랍니다.

한예민

중국 연변대학교에서 학사, 숭실대학교에서 석사, 한국학중앙연구원에서 박사 학위를
취득했다. 현재 중국 호남사범대학교 한국어학과에 재직 중이다. 주요 논저로는 「〈김태
백전〉연구」, 「〈奇緣中絶〉과〈靑樓義女傳〉의 번안 양상 연구-中國小說「杜十娘怒
沈百寶箱」과의 관계를 중심으로」, 「한글대장편소설〈명행정의록〉삽입 한시의 활용과
기능」, 「한글 연행록 연구」, 「諺文本 燕行錄文獻과 研究 綜述」, 「麟坪大君 李㴭의
『燕途紀行』을 통해 본 조선 후기 대청 인식의 이중성」 등이 있다.

근대계몽기 서양영웅전기 번역총서 04

근세 제일 여중 영웅 라란부인전
: 프랑스 혁명 지롱드파의 여왕, 롤랑 부인의 전기

2025년 4월 25일 초판 1쇄 펴냄

옮긴이 한예민
발행인 김흥국
발행처 보고사

책임편집 이순민
표지디자인 김규범

등록 1990년 12월 13일 제6-0429호
주소 경기도 파주시 회동길 337-15 보고사
전화 031-955-9797
팩스 02-922-6990
메일 bogosabooks@naver.com
http://www.bogosabooks.co.kr

ISBN 979-11-6587-837-5 94810
       979-11-6587-833-7 (세트)
ⓒ 한예민, 2025

정가 14,000원

이 책은 2018년 대한민국 교육부와 한국연구재단의 지원을 받아 수행된 연구임
(NRF-2018S1A6A3A01042723)